光の波の中で

三本松　稔

〈序章・黒い入道雲〉

日本列島の西端に位置する天草は、九州本土の懐に抱かれるようにひっそりと存在する。大きくは上島と下島の二島だが、実際は大小百二十余の島々からなる。ことに上島にある天草松島と天草五橋は風光明美なところとして知られており、北東にかけての深い入り江は、おだやかな湖面を思わせる有明海であり、下島の西には夕陽が海を染めて沈む荒涼たる天草灘が広がる。キリシタンの島、天草四郎の島とはよく言われるところだが、四季を彩って山の端へ至る段々畑と点在する農村漁村のおりなす風景は、如何にも長閑で平和な島を想わせる。だが、この島にも戦争の魔手が伸びなかった訳ではない。

敗戦が色濃くなる昭和二十年には、毎夜の如く本土を狙うＢ２９爆撃機が編隊をなして上空を通過し、その都度、島全体に空襲警報が鳴り響いた。時には有明海の向こうに、爆撃で夜空を焦がして燃え上がる九州本土の街の炎が見えたりもした。キーンと耳を裂く音を立ててグラマン戦闘機が急降下し、小さな造船所を焼き、浜で貝掘りをしている島民を襲撃したこともあった。

昭和二十年八月九日、天草の上空は青く晴れ渡り、有明海は鏡のように凪いでいた。

出征中の夫の留守を守る山村政江とその義母のウメは、朝早くから丘の上の芋畑で草取りをしていた。背を屈めて手を動かすウメの背中に、真夏の太陽が容赦なくジリジリと焼きつける。二人とも言葉も忘れて手を動かした。

昼近くなってウメは、ほんの一瞬背中にふわーっと熱風を浴びたような気がして、手を止めて太陽を見上げた。ほとんど同時だった〝ドーン！〟と地の底を叩くような重い音が響き渡った。

「なんね？……今の音は？」

「……何じゃろか？」

ウメの言葉に政江も立ち上がって辺りを見渡した。だが目前に広がる景色の中に、別段変わった様子もみられない。

「爆弾が落ちたとじゃなかろうね」

「そげんことはなかでしょ。空襲警報も出とらんかったしＢ２９の音も聞いとらんでしょ」

「ばってん、大きか音じゃったばい。町に落ちたとじゃなかろうね」

ウメが不安げに言い、二人は顔を見合わせると急いで背負子を担ぎ丘の畑道を下り始めた。

前を行く政江が急に足を止めた。

「おババ、あれ入道雲じゃろか？」

「……？」

「ほら、島原半島のずっと左の方に黒か雲があろうが……」

「え？……あ、あれね。あげんおかしな入道雲はなかろうもん」

白い夏雲の間に、黒い柱のようなものが天に向かって伸び上がっている。

二人は憑かれたように呆然と見入った。

その入道雲らしきものは、まるで生き物のように蠢いてさえ見える。

「なんか気味が悪か……」

「何事もなければ良かばってんね」

不安に追われるように二人は山道を急いで下った。

夕方になって、長崎に大きな爆弾が落ちたらしいと言う噂が広まった。

「あれが長崎やて?……」

ウメは信じられない。

長崎と言えば天草の最北に位置する富岡からでも二五キロメートルは離れている。ましてやウメが住んでいる天草の中央部からは、直線距離にして優に四〇キロメートルはある。三日前、広島に新型爆弾が落とされ、その恐ろしさは伝え聞いてはいたが、あの音が長崎に落とされた爆弾の音とは俄に信じがたかった。だが夕方になって長崎から逃げのびて来たという島民から、耳を疑うような悲惨な様子を聞くに及んで信じざるを得なくなった。それが事実なら長崎に住んでいる娘やその家族はどうなっているのか。ウメは居ても立ってもおれず、政江の止めるのも聞かずに、なけなしの金をはたいて一人長崎へ向かうことにした。


翌朝、ウメは木炭バスで下島の北の端にある富岡港まで行き小さな汽船に乗った。幸い夏の海は凪いでおり、一時間半ほどで長崎の茂木港に着いた。そこで更にバスに乗り、一山越えて長崎市街に入ると思案橋で下りた。

中心街は噂ほどもなく、ウメが天草へ嫁いだ頃とそれほど変わってもいない。だが、浦上方面行きの電車は止まり、街路は車が行き交い騒然としていた。

市街の真ん中を流れる中島川を渡った頃から状況が一変した。川を挟んだ南側の家並みは昔のままだが、県庁の在る西側の丘の上から新興善町方面にかけては焼け野原と化し、まだ白い煙が燻っている。

ウメは類焼を逃れた電車道を歩いて、なんとか長崎駅前近くまで辿り着いた。だが、目の前に広がる風景を見て脚がガクガクと震え、立っているのがやっとだった。駅前から稲佐橋、浦上方面にかけての景色は、コンクリートや鉄骨以外は燃え尽き、見渡す限り瓦礫の原と化している。ひょっとして自分は地獄の賽の河原に迷い込んでしまったのではないのか。これほどの広さを一瞬にして破壊しつくすとは、いったいどれほどの爆弾を落としたというのか……。ウメは喉の乾きをも忘れて呆然と立ちつくした。

娘の住む浦上まではまだ二キロメートルはある。

倒れた電柱や垂れ下がっている電線を避け、路面を覆う瓦礫を跨ぎ、足をひきづりながら歩き続けた。周囲では家族を捜しているのだろう、虚ろな顔をしてさ迷っている多くの人々の姿が目につく。近くの柱の下には半焼けになった死体が何体も転がっている。

ウメは震える体を支えるようにして歩き続けた。

夏の日照りは容赦なくウメを襲う。喉が渇くが水などあるはずもない。日陰を捜してコンクリート壁の陰に身を寄せた。直ぐ近くの壁によりかかって、眠るように座っている若い女性が目についた。白い肌を露わにして、赤ん坊を抱きしめたまま息絶えている。傷ついた胸元と小さく開いた赤ん坊の口元にハエがたかっている。ウメは逃げ出すように腰を上げた。

何度か負傷者を運ぶトラックや荷車に出合ったが、みな黒く煤けており、男か女か大人なのか子供なのかも判らない。もしやこの中に娘や家族が含まれているのではないかと思っただけで胸が潰れてしまいそうだった。

やっと浦上の製鋼所らしい建物が見えてきた。鉄骨はぐにゃりと曲がり、めくれた鉄板やコンクリート片が散乱している。近くには鉄骨だけになった電車の中に、発車を待っているかのように数十人の乗客が座席に座ったままの姿で焼け焦げて死んでいる。

製鋼所の路線脇に救護所があった。

そう言えば娘のミエは製鋼所に動員されていたはずだと気がついて、ウメは収容されている負傷者の中に娘を捜したが見つからなかった。一部の被災者は時津や諫早、大村の病院や学校へトラックなどで運ばれたという。とにかく一時も早く自宅の在る竹ノ久保へ行くことだ。

やっと浦上川に架かる染川橋まで来た。焼け付くのどを潤すために辿り着いたのだろう、焦げた丸太にしか見えない負傷者が群れをなして、みな同じ格好で水面を覗くようにして死んでいる。天を掴むように両手を突き上げた死体が流れていくのが見えた。

彷徨った挙げ句、ウメは焼け跡に見覚えのある焼けたタイルの表札を見つけた。確かに『村瀬良一』と書かれている。ウメは血眼になって瓦礫を退け、爪が裂け指先から血が噴き出すのも構わず焼け跡を掘り返したが骨の欠片も見つからない。歩き疲れたウメは、日が暮れて防空壕の跡を見つけて倒れ込んでしまった。

——恐ろしい夢を見ているのだ。

そう思いたかった。だが目覚めた目の前には、やはり無惨な瓦礫の原が広がっている。ウメは重い足を引きずりながら親戚の家族を探し回ったが、手懸かりになるものには出合えなかった。

三日目にしてやっと娘と家族が製鋼所そばの救護所に収容されているのが判った。一度立ち寄った所だが、娘は全身の火傷で包帯に包まれており、見逃したのも無理はなかった。

「ミエちゃん……お母さんだよ、分かるね……」

ミエはウメと判ったようだったが、もう言葉をつなぐ力も残っていなかった。膿液が包帯の下から溢れるように流れ出して布団をぬらしている。

傍には、十三歳の美也と十歳の勝也、七歳の芳美が寄り添っていた。

「お、かあ、さん……この子たちを……み、みず、を……」

か細い声でそれだけ言って事切れた。

表に飛び出した勝也が欠けた茶碗に水をくんでくる。

「お母ちゃん、ほら水ばい、飲まんね。また汲んで来るけん、いっぱい、いっぱい飲まんね」

開かない母の口へ水を注いだ。

涙が落ちたのも一瞬だった。救護所から次から次へと死体が運び出されていく。

ウメは疲れ切った身体を辛うじて支えながら、娘の亡骸を他の死者と共に茶毘に付し、孫たち三人と骨を拾った。

植木鉢が骨壺代わりだった。

——何んでこげん惨いことに……。

ウメは三人の子供を抱きしめながら、はじめて溢れでる涙を抑えることが出来なかった。

今更悔やんだところでどうなるものでもない。せめて残されたこの子たちを生かしていくことだ。ウメは後先の考えもなく三人を天草へ連れ帰ることにした。

〈第一章　天草・不知火海〉

歓迎されざる命

海は青く、眩しいほどの太陽が照りつけている。頬をなでる潮風はなんと爽やかだろう。ウメは近づく天草の島影を眺めながら、つい数時間前、自分があの無惨な地獄の河原をさ迷っていたことが悪夢のようにしか思えない。

子供たち三人は魂を抜かれたように船上に立ったまま青い海を見つめている。

富岡港の桟橋に汽船が接岸し、数十人の客に混じってウメたちは船を降りた。汽船は島づたいにウメの住む町まで行くのだが、船に弱いウメはもう限界だった。染みだらけの服装をした子供たち三人が持っている物と言えば、小さな風呂敷包みに布団袋が一つ。姉弟は陸に上がってからもまだ船に乗っているようで、足下をふらつかせながらウメの跡に続いた。

港の直ぐ近くに乗合馬車が二台ほど止まっている。ウメはその一台まで行き姉弟を乗せた。長崎育ちの姉弟にとって、鄙びた天草の景色は何もかもが珍しいはずだが、軽い船酔いとこれから先の不安で、それらを感じる余裕もない。

白い海岸線に沿って馬車は砂埃を上げながら走った。

パカパカという馬の蹄の音に揺られながら、姉弟は黙りこくったまま走り去る海岸の景色を見送った。やがて松林にさしかかり、馬車は茶屋の前で止まった。

「すんまっせん、馬に水をやりますけん十分くらい休憩します。お客さんもゆっくりしてくだっせ」

馬車屋は唄うように言って飼い葉桶を馬に与え、茶屋へ入っていった。ウメは船酔いもあって

ぐったりしたまま、やっとか細い声で言った。

「浜へ出てみんね。綺麗かところばい」

「おばあちゃんは？」長女の美也が訊いた。

「疲れたけんここにおる」

ウメひとりを残して姉弟は背伸びをしながら松林を抜けて砂浜へ出た。

青い海の向こうに島影が霞んで見える。芳美が感嘆の声を上げた。

「きれかね！……あっちが長崎？」

「あれは……島原半島でしょう。長崎は……きっとあっちね」

美也は左方に伸びる島影を指して言う。

「お母ちゃん所に帰りたい」想い出したのか芳美が涙声になる。

「……これからどうなるとね……」

汽船に乗ってから殆ど無口になっていた勝也が初めて声を出した。

「さぁ……叔母さんちへ行ってみらんば分からんね……」

戦争が終わって、恐ろしい空襲からは解放されたものの、母を失った悲しみと先の見えない不安は途方もなく美也の胸を揺さぶり続ける。今となっては祖母のウメが唯一の支えだ。

美也は左肩を庇いながら顔をしかめて踞った。

「お姉ちゃん大丈夫？」

勝也が心配そうにのぞき込む。

「ううん、心配いらんよ」

沈み勝ちな空気を破るように、突然、芳美が明るい声を上げた。

「お姉ちゃん、あれは何んね？」

「？……どこ？」

「ほら、何か動いとる」

「あ、ほんとうだ！」勝也も声を上げた。

沖を黒いものが跳ねるように連なって移動している。

それは生まれて初めて目にする不思議な光景だった。

「汽車かなぁ」芳美がはしゃぐように言う。

「そんな筈はなかよ、あれ海の上だぞ」

「でも長ーかよ。くるくる動いてる」

不思議がっている三人の後ろから馬車屋の声がした。

「イルカたい。今日はまた珍しくよけい来とる。五百頭は居るかも知れんばい」

「…五百？イルカってなに？」

「見たことなかとね。太か魚たい」

「さかな！」勝也が驚いて訊く。

「そうや。六尺から八尺はあるけんね」

「八尺って？」

「こん位はあるじゃろ」

馬車屋は浜へ打ち上げられている海草を並べて見せた。

「大きい！」芳美が素っ頓狂な声を上げた。

「そげん大きな魚が居っと？」

勝也が興味深そうに訊いた。

「居るさ。フカだって居るし、鯨はもっと大きかろうが。イルカはクルクル海面ば飛び跳ねるようにして泳ぐけんね、近くで見たらそりゃ勇ましかとばい」

「近くで見たいな！」

「わたしも！」

勝也と芳美の目が輝いた。

「天草に居れば、いつかは見らるっさね」

三人は魅せられたように沖のイルカの大群に見とれた。

これが勝也が初めてイルカを知った日だった。

「そろそろ行きますけーん！」

馬車屋の大きな声が松林を通り抜けた。


馬車は岬の山道を越え、海と裏山に挟まれた集落の入り口で止まった。

入り江の向こうに町が見える。上島と下島が橋でつながる、天草では最も大きな町だ。

ウメは馬車から降りると三人を一軒のうらぶれた農家に連れて行った。屋根に被さるような大きな柿の木の奥に母屋が在り、右側には扉の壊れた小さな納屋がある。母屋に入ると薄暗い土間の片隅にかまど、側には水がめ、農具などが無造作に置かれている。

「政江！、政江！……」

疲れ切ったウメの呼びかけに返事はない。

「誰も居らんごたる。さ、入れな、入れな」

戸惑っている三人に声を掛けながら、ウメは家に入るなり力尽きたようにへなへなと土間に屈み込んだ。

「おばあちゃん！」美也が驚いて駆け寄る。

「船と馬車に酔うたごたる……」

ウメはそう言って、這うように畳の間に上がった。三人は黙りこくったまま、薄暗い土間から部屋を見渡しながら、いい知れない寂しさが迫ってくるような感じがした。


夕方近くになって、長女の秋子、長男の達夫、次女の和子が帰ってきた。美也たちとまるで同じような姉弟の構成である。

予期せぬ家族の出現に互いが戸惑っていた。

裸電球の薄明かりの下で、みんなが押し黙ったまま食卓を囲んだ。食卓と言ってもコタツに板を被せたもので、その上には芋の茎を煮た佃煮とタクアンが乗っているに過ぎない。出された椀には粟を多量に混ぜた黄色いお粥が沈んでいる。

「食べろ言うたって、こげんもんしかなかもんね」

ウメがぼそりと言う。張りつめた空気に呑まれ、美也は箸が動かない。重い沈黙を破るように政江が口を開いた。

「これからどうすっと?……」

やっとお粥を口に入れようとした美也の箸が止まった。美也に先のことなど分かるはずもない。ウメが庇うように言う。

「着いたばっかりじゃろが、これからゆっくり考えていけばよか」

「家も子供がいっぱい居るけん……」

「誰も好きでこげんなったとじゃなか。……達夫たちも仲ようせんばつまらんよ」

達夫は勝也を横目でチラッと見ただけで返事もせず、お粥を掻き込み立ち上がった。


その夜、子供たちは三畳間に詰め込まれるようにして寝た。

「お母ちゃん!お母ちゃん!」

勝也の突然の叫び声に、達夫たちが驚いて飛び起きた。

「空襲か!」

「何でもなかよ」美也が寝ぼけた達夫をなだめるように言う。

「ビックリしたな、もう」

達夫は不機嫌そうに言ってまたごろりと布団に倒れ込んだ。

「お母ちゃんに逢いたい」

芳美が美也の胸にすがって泣きだした。


戦争が終わって命を失う恐怖はなくなったが、厳しい食糧難はこの小さな島でも同じだった。

美也たちは直ぐさま田んぼや畑の草取りに駆り出された。

今日は丘の上の芋畑で、山村家族と美也たちが総動員で草むしりをしている。

「ア、虫がいる！」

芋の蔓を持ち上げて芳美が叫んだ。

「遊んどっとじゃなかと！」

政江が叱責する。

このところ美也は体がだるく、草をつかむ手にも力が入らない。背中に食い込む夏の日射しにじっと耐えていた。美也は貯まった雑草を抱えて立ち上がったが、その拍子にめまいを起こして近くで作業していた達夫にぶつかった。

「なんや！」

不意を喰らって転んだ達夫は、思わず美也のシャツをつかんだ。

美也のシャツが破れて火傷の跡が露わになった。

達夫がギョッとなって声を上げた。

「なんや、気持ちん悪か！」

「どげんした！」と政江が振り向く。

「七面鳥んごたる肌しとる」

美也は肩を隠すようにして泣き崩れた。

「なんば言うか！」

勝也が達夫に殴りかかり、殴られて達夫が更にいきり立った。

「やめんか！」と政江が怒鳴る。

「もういっぺん言うてみろ！」

「しちめんちょう！　しちめんちょう！」

達夫に殴り倒された弾みで勝也が手にしていた鎌が和子の腕に当り、見る間に血に染まっていく。

「和子！」

絶叫にも似た声で政江が走り寄った。

「二人ともやめんね！」

秋子までが大声で叫び、長閑だった芋畑は修羅場と化した。

日が暮れて糸を引くような冷たい雨が降り出した。勝也が夕食も摂らず姿を消したままだった。薄暗い土間にゴザを広げて、政江とウメが草履を編み始め、美也は申し訳なさそうに傘も差さずに外へ出た。

　美也は勝也の居所に心当たりがあった。山村家の直ぐ裏手の斜面に横穴の防空壕跡があり、辛いことがあると良く芳美と潜んでいた場所だ。美也の後を追っていた芳美が足を取られ転んだが、美也は気付かないまま急いだ。

「勝っちゃん、勝っちゃん！」

　声を掛け、入り口の破れたゴザを開けると暗い奥で勝也が踞っている。

「勝っちゃん、お願いだから戻って叔母さんに謝って。勝っちゃんがそんなだとお姉ちゃんはもっと辛くなるとだから、ね、お願い」

　黙りこくったまま勝也は動こうとしない。

　美也たち三人が家に戻ってきたのは三〇分あまり経ってからだった。政江は無視するように黙ったまま手を動かし、板の間の柱影から達夫と腕に包帯をした和子が覗いている。

「おばさん堪忍して下さい」

「謝ってもらわんちゃよか、どこかよそへ行ったらどうな」

「なんば言うとか政江！」ウメがたしなめる。

「和子が怪我したとばい！」

「もう二度としませんから」と美也が深く頭を下げる。

「二度も三度もあってはたまらん！　恐ろしか！」

「……済みませんでした」

「あんたじゃなかろうが！」

政江は口に含んだ水を藁束に吹きかけ、横槌で叩きながら、

「今度こげんことがあったら出て行って貰うけんね！」

と吐き捨てた。

「大した怪我じゃなくて良かったと。もうよかけん、早うあっち行って体拭かんね、風邪引くばい」

ウメの助け船に美也は深々と頭を下げ、勝也と芳美を奥の部屋へ促した。様子を伺っていた達夫がすれ違いざまに勝也の脚を蹴りあげた。

奥の部屋は窓もなく天井からぶら下がった裸電球が寂し気な光を投げかけている。

美也は濡れたシャツが肩の火傷にまとわりついて、肌がキリキリと痛むのに堪えていた。このところ三人とも軽い嘔吐と下痢を繰り返しており、体力も限界に達していた。美也はシャツを脱いで壁に掛け、タオルを取ると、ぐったりして座り込んでいる芳美の髪を拭いた。ぐるぐる擦る度に髪の毛が付いてくる。不審に思った美也は自分の髪を手櫛で梳いてみた。矢張り数十本のまとまった髪の毛が指に絡んでくる。明らかに異常な抜けようだった。確かめるように勝也を引き寄せてタオルで頭を擦った。短い髪がびっしり付いてくる。得体の知れない恐怖に美也は手を止めた。思い出したように肩の火傷に激痛が走った。

「お姉ちゃん、痛かと？」

勝也が美也の顔を覗き込んで言う。

「ううん、大丈夫……」

「……ぼくがお姉ちゃんと替わっていれば良かった」

「勝ちゃん、そんなこと言わんで……」

急に美也は切なくなり、芳美と勝也を抱くと涙がほとばしり出た。美也の涙が引き金となり三人が一つになって泣いた。そんな姉弟の様子を、達夫と和子が戸の隙間から、不思議な動物でも見るかのように窺っていた。

国民小学校

この町には農業地域の北小学校と商業地域の南小学校とがあったが、勝也は夏休み明けを待って北小学校へ転入することになった。

畑に囲まれた北小学校の近くには小さな川がある。

その土手の草むらに、ガキ大将の龍太に達夫と配下の四、五人がへばりついている。学校帰りの途中で獲物を待っているのだ。自転車に乗った数人の女学生がやって来るのが見える。女学生らが近づくや、龍太の合図でみんなが大声で歌い出す。

「女学生〜

女学生～
自転車乗るのもよかばってん
チラッと見えます
まっくろケーのケー
まっくろケーのケー」
いきなり囃し立てられ、驚いた女学生の一人が、ハンドルを切り損ねて田んぼへ転げ落ちた。
「逃げろ！」
龍太の声でガキ連は我先に走り出す。

教室の廊下に立たされている龍太の右瞼は腫れ上がり、あごの下には大きな傷がある。多少の傷はガキ大将の勲章のようなもだ。隣には手下の正男と達夫、そして清二と誠がやんちゃな顔をして並んでいる。その前を巨漢で教頭の秋山先生が勝也を連れて教室へ入って行く。

「誰やあいつは！」

新しい獲物でも発見したかのように、龍太の視線が勝也の姿を追う。

「起立！」

級長が号令を掛け、男子生徒ばかりの三十五人余が元気よく立ち上がる。

「礼ッ！」

秋山教頭が勝也の背中を押して、太い声で言う。

「転校生を紹介する。村瀬勝也だ。長崎にピカドンが落ちたことはみんな知っとるな」

「ハイッ！」

「そのピカドンでお母さんや親戚が亡くなり、子供だけ三人が助かったそうだ。これからは親戚の達夫の家で暮らすことになる」

生徒たちがざわついた。

「静かに！　達夫立て！……達夫はどうした」

「ハイッ！　立っています！」

廊下で声がした。

「お前ら、入ってこい！」

秋山先生の声に五人は恐る恐る教室に入って来た。

「お前たちも良く聞け。転校生の村瀬勝也だ。慣れるまでいろいろと大変だと思う。達夫は言うまでもないが、みんな村瀬を助けて仲良くしてやれ、良いな！」

「ハイ！」生徒たちは合唱するように元気よく返事をした。

「村瀬、あいさつ！」

勝也は先生に肩を叩かれ、

「……な、仲良くして下さい」と言うのが精一杯だった。

生徒たちの拍手が起きた。

「お前達は教壇に並んで立て！」

ガキ連は怖々と教壇に上がった。

「こいつ等は昨日山から下りて来た山猿だ。食糧難と言うのによう太っとるなぁ」

鼻を指で弾かれて痛がる龍太に生徒たちが笑い、勝也もつられて笑ってしまう。龍太が勝也を睨み付ける。秋山先生の声は続いた。

「お前等は小学生のくせに何考えとッとか！　え、龍太！」

龍太が急に小さくなる。

「女子学生の親から、えろう怒ってきとる。ケツを擦りむいた位で済んだけん良かが、もし顔や乳でん怪我したらどげんすっとか！　え！　相手はおなごだぞ。もしものことがあったら龍太、おまえが嫁に貰うて責任とるか！」

クスクスと笑いが漏れる。

「なんば歌うた！　今ここで歌うてみい！」

五人はお互いに顔を見合わせるが歌い出せない。

「歌え！」

「じょ、じょ、じょ……」

「もっと上手に歌え！　ハイ一、二、三ン！」

「……じょ、がくせい、女学生……」

「大きか声で！」

「じ、自転車乗るのもよかばってん、チッ、チ、チ……」

「チ、チ、チ？　お前ら雀か！　その先、ハイッ！」

「チ、チラッと見えます。ま、ま、まっくろケーのケー、まっくろケーのケー」

歌い終わって秋山先生が拍手をし、緊張がほぐれた生徒たちもつられて拍手。

「馬鹿もん！　お前たちが歌うにはまだ十年早か！　ケーケーケーとは何だ！　龍太いうてみろ！」

「あのー……」

「あのーじゃなか！　ケーじゃ」

「ケー、ケーケッ」と龍太がむせぶ。

「バカモン！」

清二が股間を握ってもだえ始めた。

「どげんした清二！」

「しょ、しょんべんしたか」

「我慢せい！」

もだえる清二の姿に、また皆が大笑いし、

「お前達はこのまま立っていろ！　みんなは自習だ」と言って秋山先生は出て行った。

清二は便所に駈けだし、龍太は勝也の席へ迫った。

「おい、そこどけ……そこは俺の席や！」

龍太は勝也の首ねっこを掴んで教壇まで引きずって行き、先生の真似で、

「えー、長崎から出てきたばっかの青白かビンク(カエル)や。食糧がなかけんよう痩せとるなぁ」と鼻を弾く。

「お前ら小学生のくせして何考えとっとか！　え、乳でも怪我したらどげんすっとか！　なんば歌うた！　歌うてみんか！　ケ、ケ、ケッ！」

生徒たちが大爆笑し、勝也は黙って俯いたまま耐えるしかなかった。


土手の近くにこんもりとした森があり、外界から隠れるように鎮守様がある。

本堂の脇には三間四方の板張りのお堂があり、ガキ連が狙った獲物を引きずり込み、もて遊ぶのにもってこいの場所である。戦争ごっこも色あせ、目新しい刺激に飢えていたガキ連にとって、新入りの勝也は格好の獲物に違いなかった。みんなで勝也を囲むと龍太が口火を切った。

「お前、ピカドン見たとやろ！」

「……」

「どげんとや！」

「知らん」

「知らんって、ピカドン見たとやろが、言え！」

「知らん」

「……言わんか！」

龍太が勝也の胸ぐらを掴む。

「……ピカッと光って……」

「そいで、そいで」と正男が乗り出す。

「お前は黙っとれ!。……ピカッと光って、そいでどげんした!」

「……ドーンって……」

「ピカッと光って、ドーン……そうか、そいでピカドンて言うんか。ピカドンが落ちてどうなった」

「街が……」

「街がなんや!」

「燃えて……人が……」

「死体ば見たとか!」

「どんくらい!」清二が乗り出す。

「い、いっぱい……」

「何んでお前は死なんかったとや」

「……」

「ピカドンが落ちた時なんばしとった」

正男が割り込んで訊く。

「……沢で遊んどった」

「沢でか? 空襲警報は鳴っとらんかったと?」

「ウン……」

木々に囲まれた境内は夕立でも来るのか薄暗くなった。

「空襲でんなかとになんでピカドンが落ちっとか」

龍太がせっつく。

「知らん」

「言わんか、そいでどうなったと？」

また正男が割り込む。

「黙ッとれて言うたろが」龍太が怒る。

「……気がついたら……」

「死んだとか！」と慌てた清二が訊く。

「馬鹿たれ、死んだらここに居るか！」

龍太が清二の頭をはたく。

「そいで？」

「……急いで家に帰ろうとしたけど……」

辺りが急激に暗くなり、森の中を冷たい風が吹き抜けていく。

「お前の母ちゃん、どげんして死んだとか」

龍太の声が勝也の耳を突き刺す。

「爆弾に当たったとか？」

清二がまた余計なことを訊いた。

黙って震えている勝也に代わって誠が知ったかぶりで話し出す。

「みんな真っ黒に火傷して皮がむけて、だらーっと下がって……幽霊んごてなって死んだって、な、達夫。お前んとこのオババが見てきたって……。地獄の幽霊んごたったて」

誠が言った途端、強烈な稲光が走り雷が炸裂した。激しい夕立がお堂を襲い、勝也は意識を失い、ガキ連は震え上がって抱き合った。


昭和二十年八月九日、山間に広がる長崎の街は朝から深い霧に包まれていた。

深夜の一時十分に出されていた警戒警報は三時には解除になり、勝也たちはほっとして眠りについた。午前七時頃になると夏の強い日差しに霧も去り、美しい港街の風景が姿を現し始めた。戦時中とは思えぬ静かな朝だった。母のミエはいつものように早く起きて、挺身隊員として駆り出されていた姉の美也を幸町の兵器工場へ送り出し、自分も三菱製鋼所に出かけて行った。雲が多い日だったが、それでも雲間に覗く蒼空は深く澄んでいた。十時半頃空襲警報が鳴り、家に残されていた勝也と芳美は、母の言い付け通りに隣家の健次たちと一緒に急いで防空壕に入った。

しかし何時も編隊でやって来るＢ２９の爆音は聞こえず、三十分位経って解除のサイレンが鳴った。その音が鳴るや否や、勝也と健次は待っていましたとばかりに防空壕を飛び出し、稲佐山から流れている沢へ向かって走った。壕の中で笹鉄砲を作ろうと話し合っていたからだ。沢といっても、それほど遠くない民家の裏手にある。二人は手頃な竹を捜すために笹を掻き分けて沢へ下りた。それから五分も経っていただろうか、遠くにＢ２９爆撃機の音が聞こえてきた。いつもなら空全体が唸るような音がするのだが、その時は違っていた。空襲警報のサイレンも鳴っていない。勝也は余り気にもせず手頃な竹を捜し続けた。間もなく「あれはなに？」「落下傘だ！」などと騒ぐ声が聞こえてきた。気になって振り向こうとした時だった。

白い閃光が走った。

閃光と殆ど同時にドーンと音がして沢全体が揺れ、勝也は宙に浮いて水の中に叩きつけられた。頭上に瓦や木材がバラバラと落ちてきた。そして、世の中の音がすべて消えたような静寂が訪れた。本当に音が消えたのか、爆発音で耳が麻痺していたせいかは判らない。勝也は我に戻ると健次を捜した。焼き縮れ、なぎ倒された笹竹の向こうに、健次の姿が見えた。駆け寄ると岩に頭をぶつけ眼を開いたまま死んでいた。

勝也は沢の水を蹴散らして走った。やっと藪を抜け住宅地へ出た。

見渡す限りの建物は全て崩れ落ち、それらを舐め尽くすように紅い炎がメラメラと立ち上がり、空は暗く、街には黄褐色の煙が立ちこめている。勝也は火の海を避け、砕けた瓦や硝子の破片を踏み砕いて家へ向かって走った。

男の子が一人泣いている。その側には母親だろう、梁の下で内臓が飛び出した女性が死んでいる。男女の区別もつかない黒こげの人間が丸太のように転がり、辛うじて死から逃れた人々が焼けて剥がれ落ちた皮膚をぶら下げてさ迷っていた。なぜかみんな裸に近い。眼球が飛び出した男性がわめきながら走り抜けていった。

勝也はやっと我が家らしき場所を探し当て防空壕を覗いた。芳美が煤くれだったまま隣家の小母さんに抱かれるようにして出てきた。

「勝ちゃん、無事だったね。健次はどうしたと！　健次は？」

「……健ちゃんは、まだ沢におると」震えながら言った。

「どうして一緒に来んと！」

勝也が答えられず泣きだすと、察したのか小母さんは「健次ッ！」と叫び狂ったように走り出していった。

勝也はへなへなと座り込み、自分の足元を見た。硝子の破片が刺さり血が吹き出している。夕方になって腕から肩にかけて火傷を負った美也が家に戻ってきた。

「無事だった？　お母ちゃんは？」

「まだ帰ってこんと」

「大丈夫やろか。僕が捜しに行ってくる」

「もうちょっと待っとらんね、街が燃えてるけん。待っとれば必ず帰ってこらすよ」

直ぐ下に見える製鋼所から火の手が挙がった。浦上方面は火の海だ。

母親のミエは夜になっても帰ってこなかった。製鋼所の貯炭場が燃えているのか不気味な炎が夜空を焦がしている。壕の中では避難してきた重傷の被爆者が「熱い！　水！」「水をください！」と呻き叫んでいたが、朝には殆どが死んでいた。

午前九時頃になり兵隊が来て住所や名前、負傷具合を調べていった。午後には救援隊が来て白いおにぎりが配られたが、勝也は食べる元気もなかった。

「お母ちゃんは？　お母ちゃんは帰ってこんと？」

芳美が美也にすがって言う。

三日目になって、ミエが製鋼所そばの救護所に収容されていることが判った、三人は直ぐに駆けつけたが、ミエは全身火傷で包帯にくるまれて虫の息だった。そこへ追いかけるようにしてやってきたのが天草の祖母だった。

いじめ・死と別れ

早い秋が来て、北小学校を囲んでいた田んぼの青い絨毯は黄金色に変わった。そのたわわに実った稲穂が激しく揺れながら移動している。ガキ連が隠れて獲物を待っているのだ。

龍太がひょこっと首を出しては辺りを伺う。

「おい、来たぞ、来たぞ。……正男、清二あっちへ回れ！」

龍太はそう言って誠を連れ、しゃがんだまま半身に構えて走る。一方、しゃがんでは旨く走れない清二が、引きずる自分のカバンに足を盗られ、顔から地面に突っ込んで泣き出す。

「ばかたれ！　そんくらいで泣くな！」

正男は言い捨てて勝手に先へ行く。

通学路で人に逢うのが嫌な勝也は、次第に田んぼのあぜ道を歩いて帰る日が多くなっていた。

「ハーゲ、ハーゲ、ハゲあたま！」

突然、龍太と誠の囃す声が聞こえてくる。

「ハーゲ、ハーゲ、ハゲあたま！」

勝也は身構え、麦わら帽子を押さえて走った。

「ハーゲ、ハーゲ、ハゲあたま！　カッチン勝也のハゲ頭！」

目の前に正男が飛び出し、挟み撃ちに合った勝也は、龍太に麦わら帽を剥ぎ取られてしまう。

勝也の頭はツルツルに禿げ上がっていた。

勢いづいたガキ連は帽子を振り回して逃げながら更に囃し立てた。

「ハーゲ、ハーゲ、ハゲあたま！　カッチン勝也のハゲ頭！」

龍太が投げた帽子が麦畑に舞う。

追いかけてやっと麦藁帽子を取り戻した勝也は、力尽きて畑の中に倒れ込んだ。覆い被さる稲穂の向こうに太陽の光が眩しく輝き、泣きながら空を見上げる勝也の歯茎に血が滲んでいた。

先生の目が届かなくなる昼休みや放課後は、格好の虐め時間となった。

講堂の裏に曳きづり込まれた勝也の頭を、龍太たちが撫で回わして逃げる。

台風が通り過ぎるようにみんなが走り去ると、勝也は一人うずくまって涙を堪えた。

――どうして髪の毛が抜けてしまったんだろう。何もしないのに鼻血が出たり、体がだるくて力も出ない。このまま死んでしまうのではないだろか。

いじめられる悔しさもあるが、何か目に見えない恐怖も襲ってくる。うずくまったまま、震える手で滲んだ涙を拭いた。

開け放たれた雨戸の奥から読経の声が聞こえている。

読経をあげているのは明徳寺の住職である。仏壇には軍服を着た政江の夫の写真。その後ろでウメと政江、秋子たちが手を合わせている。落ち着かない政江は読経が終わるや否や、住職に頭を下げ、子供を促して出て行ってしまう。

「済みませんな愛想のうて……気の優しか嫁じゃったとですが、戦死の公報がきてから人が変わってしもうたとですもん」

「……辛かとは兵隊ばっかりじゃなかですけんね。……人を幸せにする戦争なんてなかです」

「ほんとですね。食うもんもなか、着るもんもなかじゃ生きるのも地獄ですもん。……今日も嫁たちは貝掘りに行くつもりでおったとですよ。潮の関係があるけん気にしとったとです」

「そうだったとですか、遅くなって済まんことでした」

「いやいや、とんでもないことで……」

そこへ、破れた麦藁帽子を目深にかぶった勝也がよろけるように帰ってきた。

「……どげんしたと……鼻血でとるじゃなか、また虐められたとね」

ウメは土間へ下りて勝也の鼻血を拭いてやる。

「……おばあちゃん、どうして髪が抜けるとね？　どうしてね……死んでしまいたか……」

ウメは黙ったまま抱きしめて声を震わした。

「何ばいうと……勝ちゃん何か悪かことしたね」

「……何もしとらん」

「そうやろ。何も悪かことしとらんやろ。しとらんとになんで神様がこげんことするね。きっと勘違いしとらすと。……まだ子供じゃけん、そのうちまた生えてくる、必ず生えてくるって……さ、早う裏に行って顔洗うてこんね。籠ん中にゆで卵があるけんね、全部食べて良かよ。達夫たちには内緒ばい。早よう元気にならんば、さ、早よ行けな」

勝也の背中を押すとウメは涙を拭って住職のもとへ戻った。

「長崎からって……あんお子さんですか」

「まだ十二歳ですよ。髪は抜けてしまうし、近頃よう鼻血を出したりすっとです。どうしてこげんことがあっとでしょか。不憫で……代われるもんなら代わってやりたかとです」

「……みんな大人がしでかしたことですたい、子供には何の罪もなかです。……あん時ゃ隣の瀬戸の造船所にでも爆弾が落ちたんじゃなかろうかと思うたくらいでしたけんな」

「ほんとにですね。まさかそれが原子爆弾じゃったなんて……」

住職は大きく頷いた。

「長崎やって聞いて直ぐ行ってみたですが……人間は本当に恐ろしかもんば造っとですね、みんな焼けて炭のごてなってしもうて……この世にも地獄があっとですね……」

両手で顔を覆うウメを前に、住職は黙ったまま頷づくしかなかった。

秋が深まり、夕方から降り出した雨は本降りとなって雨戸を叩いている。

深夜になっても美也は眠れず、芳美の寝顔を見つめていた。芳美の襟元を覆う布団の端がコールタールで固めたように黒ずんでいる。重傷を負った母の火傷から染み出た体液が固まったものだ。達夫たちにとっては薄気味悪い布団だが、美也たちにとっては残された唯一の財産であり、生きていた母の証でもある。

うなされる芳美の額に触れると熱い。意識朦朧の中で芳美が細く眼を開け、聞き取れない程の小さな声で言う。

「……お母ちゃんどこに行きたい」

「お姉ちゃんがいるじゃない。お姉ちゃんがずっと側にいるから」

「……お母ちゃんに逢いたい」

そう言って芳美は動かなくなった。

「芳美……芳美、芳美ッ！」

美也は政江の部屋の襖を叩いた。

「おばさん！　おばさん、芳美が！」

何度か叩いて、やっと政江が不機嫌そうな顔を出した。

「何ね夜中に！」

「芳美が変なんです」

奥の部屋からウメも起きてきた。

「風邪でも引いたとじゃなかとね」

ウメは芳美の額に手を当てて言う。

「そげん酷うはなかごたるばってんね。……どげんしたとじゃろか」

「病院に連れて行かんば……」

叱責するように政江の声が飛んだ。

「いま何時と思うとっと！　朝まで待てんとね！……誰が病院代ば払うと」

ウメも言葉がなかった。

美也は絶望して泣き崩れた。


夜が明けて雨も上がり、浜辺にはゆったりと波が打ち寄せている。

海に向かって放心状態の美也が芳美を抱いて座り込んでいる。

「お姉ちゃん……」

勝也が美也に抱きすがった。

「美也ちゃん……もう良かろう」

ウメが芳美の亡骸を受け取ろうとしたが、美也はきつく抱きしめて離そうとしない。

芳美が死んでから八日目の寒い朝だった。

役場から二人の職員が山村家を訪ねてきた。或る夫妻が美也を養女にしたいという。

「おばさん何でもしますから、勝っちゃんと一緒においてください、お願いします」

美也は必死だった。

「おってよか……よかばい美也ちゃん、何とでもなるけん、二人ともおってよか」

慰めるウメに政江は容赦なく怒声を浴びせた。

「オババは黙っとらんな！　美也ちゃん、よう聞かんね。あんたが幸せになる話じゃなかね。ここに居たっちゃ幸せにはなれんとばい」

「学校の先生の家ですけん何の心配もなかとです。こげんよか話は二つとなかと思います」

職員の一人が言う。

「分かったやろ！　美也ちゃんだけでん幸せにならんばつまらんと！」

美也は泣きながら勝也を抱きしめ、ウメも言葉なく涙を落とすしかなかった。

数日後、美也は十里ほど離れている崎津村の教師夫妻のもとへ貰われていった。

残された勝也は益々孤立し、納屋に籠もる日が多くなった。

納屋には藁束が積み上げられ、片隅には網を張ったミカン箱が四個あり、それぞれに毛の長いアンゴラウサギが一羽ずつ飼われていた。生活の足しにと政江が思いつき、達夫が面倒を見ることになっていたのだが、いつの間にか、達夫に命令される形で勝也が面倒をみる羽目になっていた。美也が去った後、納屋は勝也にとって最も心の安まる場所であり、ウサギとの語らいが唯一の慰みとなっていった。

邂逅・映画と友人と

勝也はウメに守られて正月を迎えた。

敗戦による先行きの不安と、深刻な食糧難は相変わらずだったが、命を脅かす空襲がなくなった分、平穏な正月といえた。

こうして日本国全体と勝也を襲った激動の昭和二十年は去り、やがて川沿いの土手に菜の花が咲きそろい、勝也は小学六年生になった。

お姉ちゃんに逢いたいがもうよその家の子供になっている。何よりも四〇キロメートルも離れた遠い村だから、よほどの決心がつかない限り歩いて行く事も出来ない。

学校では苛められ、家に帰っても居づらい。勝也の心の中を冷たい風が吹き抜ける日が多くなった。今日も学校で虐められ、一人とぼとぼと歩いていて、ふと板塀に貼られている一枚のポスターに目が止まった。

見ている内に勝也は心が騒ぎ始めた。

勝也は急いで帰るやウメの部屋に飛び込んだ。

長崎から戻って以来、ウメは体調を崩して伏せている日が多くなっていた。

「おばちゃん、映画ば観に行ってよかろか！」

「えいが？」

勝也はまだ映画というものを観たことがなかった。

「明徳寺で今夜巡回映画があるって書いてあったと！」

「映画ね。珍しか事があるね」

「行こうよおばあちゃん。無料って書いてあったとばい」

「ただってね、そりゃよか。……ばあちゃんも観たかばってんね。勝ちゃん行ってこんね。うちは行く元気もなかけん」

「行ってよかろか」

「よかよか、楽しんでこんね」

「うん」

勝也は久し振りに元気になった。

——映画ってどんなんだろう！　初めて観る映画を想像して心が躍った。

夕食が済んで達夫と秋子は直ぐに家を飛び出していった。後に続こうとした勝也の背に政江の声が飛んだ。

「何処行くと！」

「……」

「水は汲んどいたね！」

「……」

「聞こえたと！」

「……」

勝也は仕方なくバケツを持ちだし、近くの井戸へ走った。やっと家まで運んだところで入り口に躓きひっくり返してしまう。

「なんばしよっと！」

政江の怒声が飛ぶ。勝也は再度バケツを掴んで井戸へ走った。


勝也は、畑道を走り、息を切らしながら明徳寺の長い石段を駆け上った。

本堂では町民やガキ連、達夫たちが興奮気味に待っている。勝也が観客をかき分けて潜り込むと同時に、カタカタと音がして紫煙の中に光が走り、白い布に風景が映り出された。

幻灯と違って人が動いている。

これが映画なんだ！　胸の鼓動が聞こえるようだった。

勝也は魂を奪われたようにスクリーンを凝視し、また、その不思議な世界を映し出す魔法の機械に魂を奪われた。

映画は『エノケンの法界坊』からチャップリンの『街の灯』に変わった。笑い転げていた会場がすすり泣きに変わった。勝也はそんな観客たちの泣き笑いの表情と映写機とを見比べた。

いつの間にかスクリーンを見る勝也の瞳から大粒の涙がこぼれ落ちた。

優しかった母の姿が浮かんでいた。

映画が終わり、興奮冷めやらない村人たちは帰り始めたが、勝也はテーブルの上に据えられた映写機を見上げて動かない。技師がリールを掛け、フイルムの捲き戻しを始める。勝也は映写機が片付け終わるまで、食い入るように見つめ続けた。

その夜、勝也は映写機のチカチカと瞬く光とスクリーンの映像が目に浮かび、興奮のあまりなかなか寝付けなかった。


教室の中が騒がしい。生徒たちの頭上を白い大きな風船が一個飛び交っている。始業のベルがなり、佐伯先生が入ってきた瞬間、風船が破裂し、その破片が先生の頭の上に乗っかった。みんなが大声で笑う。先生はゴムを摘み、目の前でブラブラさせながら怒鳴った。

「だれ！　こんなものを教室に持ち込んだのは、龍太か！」

「ち、違う、俺じゃやなか」

「じゃ、だれ！　みんなはこれが何だか分かっとるの！　分かっとる人は手を挙げて！」

清二がうっかり手を挙げかけ、素早く引っ込めた。清二は遊郭の息子だ。

「清二！　あんたか！」

「あの……ぼ、ぼくじゃやなかです」

「こんなものを学校に持ってくるのは止めなさい！」

日本が戦争に負けるまでは、『鬼畜米英』と言って、アメリカ人は鬼より怖い敵だと教えられてきた。戦車を先頭に、ザクザクと狭い町道を行進して来たときは怖かったが、普段のアメリカ兵はいたって陽気で、子供たちには愛想が良かった。良くジープでやって来てはチューインガムやチョコレートを投げてくれる。

何しろ物資のない当時は、米兵が持ち込んだ生活用品は何でも珍しく、利用価値は絶大だった。特に丈夫で弾力性に富むコンドームは風船となり、子供たちにとって格好の遊び道具となった。テニスボールは野球遊びの球に、缶詰の空き缶は缶蹴り遊びを生み出し、ひもを付けては下駄代わりにしてパカパカと歩いたりもした。

この小さな町にも遊郭があった。昼間から表で女と戯れるアメリカ兵を観察するのも、ガキ連の楽しみのひとつだった。

「おい、居るぞアメリカ人が」

声につられて路地から覗こうとする勝也のケツを、龍太がけっ飛ばす。慌てて引っ込む勝也。これもいじめの延長で、勝也は捕虜同然の身分で連れ回された。

今日も学校から帰りの途中、ガキ連は鎮守様の境内で馬乗りを始める。一人が飛び乗った瞬間、潰れた勝也が「ぴっ！」と屁をひった。勝也の股に首を突っ込んでいたのは達夫だ。

「臭せっ！」と今度は達夫が勝也の顔に「ぶっ！」と報復。さらに清二が加わって屁ふり大会となった。屁がそんなに自由にコントロール出来るのか……。信じられないかも知れないが〈屁ふり名人〉は本当にいた。最高十二連発。みんなが囲んで声を揃えて数えた。正男が公認の記録保持者で、今のところ誰にも破られていない。食糧といえばまだまださツマイモが幅を利かしており、燃料となるガスはだれでも十分に貯蔵していた。

五発までいっていた正男が急に泣きそうな顔で尻を押さえた。

「出たーっ！」龍太が叫び、みんなが逃げ出す。

先頭を走っていた龍太が急に土手の下に走り込んで、みんなに伏せの合図をする。

残飯やゴミを満載したリヤカーを引いて来る朝鮮人親子の姿が見えた。父親はびっこを引き、後ろから子供の真一が押している。日本が戦争に負けて大人たちには気遣いも見えたが、子供たちは頓着ない。ガキ連が歌うように叫ぶ。

「♪オイチニイ、サンシイ、チョーセンポロポロ！」

朝鮮人親子が驚いた弾みで、車が轍にはまり動けなくなり、真一が必死に押すが簡単には抜けだせそうもない。

「♪チョーセンポロポロ！　チョウセンポロポロ！」

見かねた勝也が飛び出して、真一と並んでリヤカーを押し始めた。

思わぬ助っ人に真一は驚くが、もっと驚いたのは龍太たちだった。

「オイ、ピカドンがチョウセンを助けよるぞ！

♪ハーゲ、ハーゲ、ハゲチャップリン！

チョーセンポロポロ、ハゲチャップリン！　♪」

リヤカーがやっと抜け出し、朝鮮人親子が去った後、勝也の前に龍太たちが飛び出した。

「わいは朝鮮人の味方すっとか！」

龍太が勝也の胸をどつく。

「オイ、ハゲ、何で味方すっとや」

「しとらん」

「したやろが！」

「しとらん」

「押したやろ！」

「……」

「押したやろが！、なんか言え！」

「うん押した！」

我慢し仕切れなくなった勝也が思い切り龍太の胸を押した。思わぬ反撃に龍太は土手から転げ落ち、正男たちが心配そうに駆け寄る。

勝也はガキ連の遊びに引き回されながらも、強気に出るようになり次第にいじめの対象から抜け出しつつあった。


達夫と勝也は畑道を全速力で走った。

授業中にウメの危篤の知らせがあったからだ。だが二人が家に駆け込んだとき、ウメは既に息を引き取った後だった。

唯一の心の支えであったウメが死んで、勝也は完全に孤立した存在となってしまった。一人納屋にうずくまってはウメや母たちのことを想い出して泣いた。

「勝也は何処行ったと！」

声がして政江が納屋を覗いた。

「こげん所で何んばしよっと。あんたが泣くことは無かろうが。オババは長崎に行ったけん命ば縮めたと。放射能のせいじゃろって医者が言うとらした。……本当にあんたらは疫病神じゃん。……暗うならん内にウサギん草ば採って来んね。あんたん仕事じゃろ！　もうすぐ肉も毛皮も売れるとじゃけんね！」

勝也は涙を拭いて背負子を担ぎながらよろけた。

「なんね、ヨタヨタして！　あんたの仮病はもう見飽きとると。早よう行ってこんね！」

ウメが死んだショックもあったが、このところ特に身体がだるくなっていた。

勝也は土手へ向かった。

すでに夕陽が空を赤く染めている。

勝也がひとり草を採っていると、いつの間に来たのか、朝鮮人の真一が隣で手伝い始めた。

真一は勝也を見てニッコリ笑みを送り、勝也も同じように笑みを返した。

「名前はなんて言うと？」

勝也が初めて口を利いた。

「金子真一、本当の名前はキム・ジンイル、いうんだ」

「キム・ジンイル……」

「うん、……うれしかった、この前」

「ああ……」

「優しくしてくれた、きみ、はじめて」

「うん……。日本語上手だね」

「少しだけ。おとさん教えてくれる」

「学校には行かんと？」

「……行けない。でも、おとさん、むかし学校のセンセイだった」

「そうなんだ」

「だからなんでも知ってる。いっぱい大事なこと教えてくれる」

「ふーん。……前からあそこに住んどっと？」

「二年くらい」

「どこから来たと？」

「くまもと」

「熊本からね」

「おとさん、日本に連れてこられた。でも足ケガして、天草、来た」

「お母さんは？」

「……イナイ、ぼく生んで死んだ。栄養失調で助からなかった。おとさん教えてくれた」

「……寂しかね」

「だいじょうぶ、おとさんいるから」

すぐに背負子は草の山となり、勝也は立ち上がった。

「ありがとう。早く帰らんばまた怒られるけん……。そうや今夜、岬の堤防に来んね、また話しようよ。来られるね？」

「うん、だいじょうぶ」

「じゃ、必ず行くから」

勝也は重そうに背負子を担いで急いだ。


夕食が済んだ後、勝也は政江の目を盗んで、家を抜け出し堤防へ急いだ。

月が明るく海を照らしている。真一は隠れるようにして待っていた。

「ごめん、遅うなってしもた」

「来てくれてありがとう」

「約束したやろ」

「嬉しい、信じていたから」

二人は一段高くなった堤防に上がり寝転がった。覆い被さるような無限の星が輝いている。

「……きれいだなぁ」

「うん、きれい」

「あの星の間を飛んでみたかね」

「……おとさん言ってた。死んだらみんな星になるんだって。お金持ちも貧乏人も、日本人も朝鮮人もみーんな同じ星になるんだって」

「そうなんだ。だから星はみんなキレイなんや」

「うん。大きい星がおとさんとおかさん星。小さいのが子供星。みんなが仲良く手をつないで一緒に旅をしているんだ」

「君のお母さんは……大きく輝いているあの星かな。僕のお母さんはその隣の星だよきっと」

「うん、君と仲良し、なれたし、おかさんたち、僕たちが生まれる前からきっと友達だったんだ」

「……なに話してるかなぁ。……お母ちゃんに逢いたいなぁ」

「逢いたい……」

二人は星空を眺めたまま黙り込んだ。

「……君は大きくなったら何になりたかと？」

「……分からない、でも、大きくなったらおとさんの生まれた国へ行ってみたい」

「どんな国だろう、僕も君の国へ行ってみたい……。人間はどうしてみんな同じ国に生まれて来んとやろか、同じやったらもっと早く友達になれたとにね」

「うん、同じ空に生まれた星はきっとみんなが友達だよ」

二人は黙って星空を眺め続けた。

「ぼく、映画監督になるって決めたんだ」

「えいが？　かんとく？」

「うん、映画を創る人を映画監督って言うんだって。先生が教えてくれたんだ。沢山の人を幸せに出来る映画を作りたいんだ」

「映画ってそんなにいいもの？」

「すごかよ。本当に魔法みたいなんだ。レンズの中から光が出て、白か布にいろんなものを、生きているように映し出すんだ。みんながそれを見て泣いたり笑ったりするんだよ、本当に、本当に凄いもんなんだ。こん星空のようにずーっと遠い向こうの世界がいっぱい映るんだ。生きているお母ちゃんにだって逢うことが出来る」

「ほんとう！　ぼく、まだ映画見たことないから……」

「そうだ、今度巡回映画が来たら一緒に観に行こうよ」

「……ぼく……」

「大丈夫だよ」

「……」

「大丈夫だつて、僕がついてるから」

「……」

「映画が始まってから中に入ろう。そうすれば暗いし誰も気がつかんから。ね、約束しよう」

勝也は黙っている真一の手を取り一方的に指切りをした。

満天の星が美しく輝いていた。

勝也は授業中からドキドキして落ち着かなかった。

待ちに待った巡回映画が今夜行われるのだ。

「達夫！」

秋山先生の大きな声がした。黒板にかけ算の問題が書かれている。

達夫は渋々出ていったが解けずもじもじしているばかり。

「どうした。これ位の問題が解けんでどうする！　……では……勝也！」

「はい！」勝也は元気よく返事をして黒板まで行き、すらすらと答えを書いて席へ戻った。

「そうだ勝也、正解だ！　達夫、お前も同じ釜の飯喰っとるんだろ。遊んでばっかりおらんで少しは勝也を見習ったらどうだ。え、勝也の爪の垢でも煎じて飲ませてもらえ！」

みんなが笑う。達夫は忌々しくて勝也を睨み付けた。


今日も土間で政江と秋子が藁草履を編んでいる。勝也は横槌で藁を叩いて柔らかくする役割だが落ち着かなかった。奥から達夫が出てきた。

「かあちゃん、行って良かな」

政江は返事もせず編み続ける。

「良かろ」と達夫。

「……うちも行きたか」秋子が言う。

「やかましか！」政江は腹立たしく怒鳴った。

勝也も気持ちは同じだが言葉を飲んだ。

「行くけん！」

達夫が駆けだし、秋子も編みかけの草履を投げ出して表へ走った。続いて勝也も横槌を投げ出して表へ駆けた。

「まだ終わっとらんじゃろ！」

追ってくる政江の声に振り向きもせず、勝也は畑道を走り、明徳寺の石段を駆け上がった。境内に着くと待っているはずの真一を捜す。真一は辺りを気にしながら、鐘楼の隠から出てきた。

「はよ、こっちへ」

既に映画は始まっている。勝也は真一の手を引っ張り、観客の間に割り込んでいく。

近くにいた若い女が鼻をクンクンさせながら「なんか臭うなかね」と囁く。

勝也は後込みする真一の手を握って離さない。

映画は黒澤明監督の『姿三四郎』だ。二人はスクリーンを見詰めた。

初めて観る映画に真一の目が爛々と輝いてくる。

興奮と感動のうちに映画が終わった。

明かりがつく前に、勝也は真一の手を掴んで外へ飛び出す。

達夫が気づいてその後を付ける。

二人は人目を避けて鐘楼脇の石段に腰掛けた。

「ボク、君が映画作りたい言うの分かる。ほんとに凄い」

真一の声がうわずっている。

「映画を見て、みんなが泣いたり笑ったりするって本当やろ。こげん凄かもんなかよね」

「うん」

達夫は話し込んでいる二人の姿を見届けると、急いで走り去っていった。

やがて辺りは人影もなくなり、高い杉の木立が風に騒ぎ始めた。

「早く帰えらんば怒られるけん。また逢おうよ」

「今夜のこと、ボク一生忘れない」

「うん」

二人は急いで石段を駆け下りた。


冷たい風に庭の柿の木が震えている。

勝也は家に着くと恐る恐る入り口の戸に手を掛けた。だが、いつもと違って重くて開かない。繰り返すがびくともしない。裏口へ廻ったがやはり開かない。普段は鍵を掛けることはないのだ。政江に逆らって出たので声を出す勇気もない。

小雪が舞い始めた。途方に暮れた勝也は納屋の藁の中に潜り込んだ。

震える中でうとうととして夢を見た。

避難所に黒い人の影が蠢いている。その中で、焼けただれた母を囲んで勝也と美也たち三人が泣いている。痛がる母に縋ることさえできない。

「お母ちゃん！　お母ちゃん！　死んじゃいやだ！」

藁に踞っていた勝也は自分の叫ぶ声で目が覚めた。寒い。ウサギを箱から出して抱きしめた。無心なウサギの目が勝也を見ている。闇の中で政江の声が聞こえた。

「ウサギん草ば採って来んば、あんたん仕事じゃろうが！　もうすぐ肉も毛皮も売れるとじゃけん！」

哀願するようなウサギの目を見ているうちに勝也の目から大粒の涙が落ちた。勝也はウサギ箱の扉に手をかけると、全ての扉を開け放った。

翌朝、勝也は藁の中で跳ね起きた。政江が藁を取りに入って来たからだ。

「何や、ビックリする！」

政江は顔を真っ赤にして怒鳴った。

「なんね、そげん所に寝て……どげんしたと！」

「……ご免なさい」

「嫌がらせね！」

「違います」

「そんなら何ね！　早よあっち行けな！」

しょんぼりと出て行こうとする勝也の背後で悲鳴が聞こえた。

「達夫！　達夫！　ウサギが居らんばい！」

政江の叫び声に、

「どうした母ちゃん！」

達夫と秋子、和子までが飛び出して来た。

「居らん！」

「おらん？」

達夫は慌ててウサギ小屋を覗き込んだ。

「どうして居らんと！」

「あんたやろ！」

政江は俯いて立っている勝也に怒鳴った。

「どうしてこげんことすっと！」

「馬鹿たれ！」

いきなり達夫の拳が勝也の頬に飛んだ。殴られながら勝也は無抵抗だった。

「売れたら少しは足しになると思うとったとに！　人の気持ちも知らんと……あんたみたいな者は家にはいらん！　どこでん好きなところへ行ったらどうや！」

達夫が兎を捜して走り出し、政江は怒鳴って家へ引っ込むや、ぴしゃりと音を立てて戸を閉めた。

いつも騒々しい教室に重たい空気が流れている。

勝也の姿が見えなくなって三日になるからだ。

「今日も村瀬君はお休み？」

佐伯先生が勝也の空席を見て心配そうに言った。

「達夫、勝也はどげんしたと？　病気でもしとると？」

先生に訊かれ達夫は口ごもった。

「し、知りません」

「知りませんって、そげんこつあるか、一緒に住んどるやろが！」

珍しく龍太が達夫を責める。更に先生は訊いた。

「本当に知らんと、達夫！　何かあったとね？　あったらちゃんと言いなさい」

「……ね、姉ちゃん……姉ちゃん所に行くて言うとった」

達夫は出まかせを言った。

佐伯先生から報せを聞いて、美也が山村家に駆けつけたのは翌日のことだった。

政江が丁度畑へ出かけようとしていた。

「勝ちゃんが居ないって本当ですか！」

「……」

「ね、おばさん、勝ちゃんがまた何かしたんですか、どこへ行ったんですか」

「知らん」

「ねぇ、おばさん勝ちゃんは」

「知らんと言うとるじゃろが！　あんたんとこに行ったとじゃなかとね！」

美也は聞くのを諦めて走り出した。


勝也は収穫後の芋畑を必死になって掘った。かじかんだ手が痛くて、凍ったように固い土はなかなか掘れない。探し回ってやっと採り忘れた小さな芋を見つけて貪るように齧り付いた。

美也は浜辺へ出て泣きながら必死に勝也を捜し廻った。

――お母ちゃんどうしよう。勝ちゃんが居らんとよ、もう三日も学校に行っとらんて……。うちが悪かとね、勝ちゃんを一人にして……。お母ちゃん教えて、ね、勝ちゃんの居るところ、勝ちゃんの居る所教えて……。

流れる涙も拭かず、捜し廻っていた美也は、ハッと想いだして走り出した。

防空壕跡の入り口にむしろが張られている。美也は走り込むと筵を引きはがした。

勝也が横たわっていた。

「勝ちゃん！　勝ちゃん！」

抱き起こすが勝也はぐったりしたまま目も開けない。

美也は勝也を背負って走った。

――勝ちゃん、どうしたと。どうしてこげんことになったとね……。叱られるけん、勝ちゃんを、勝ちゃんをこげん不幸にしたらお母ちゃんに叱られるけん……お母ちゃん、お母ちゃんご免なさい。

美也は病院の看板を見つけて駆け込んだ。

知らせを聞いた佐伯先生や龍太たちが集まってきた。

「静かにしなさい！」

看護婦に叱られて龍太たちは廊下へ出た。


熱にうなされながら勝也は夢を見ていた。

焼け野原に白い花がいっぱい咲いている。美也と芳美が花を摘みながら何やら楽しそうに話している。そこへ、もんぺ姿の母がリヤカーを引いてやって来て芳美と美也を乗せて歩き出す。「あ、お母ちゃんだ！」勝也は三人に向かって走るが、火傷で皮膚をたらした黒い行列に遮られてしまう。やっと行列を抜け出した時には、母たちの姿は遙か遠くに行ってしまっている。「お母ちゃーんッ！」勝也は大声で叫んだ。

勝也は昏々と眠り続け、美也はベッドに寄りかかるようにして朝を迎えた。

目が覚めると直ぐに美也は診察室に呼ばれた。沢田医師が渋い顔をして待っていた。

「軽か肺炎ば起こしとるね。二、三日病院で様子ば見たがよかろう。相当衰弱しているけん体力ば快復させんばいかん。……ところで、妹さんが急性白血病で亡くなったということじゃったが、あんたは何か変わったことはなかですか？」

「……時々目眩がしたり、鼻血が出たり……」

「他には」

「……体がだるくて力が入らなかったり……それに……」

美也は下痢が続いたり生理が止まったりしていたが、そのことは言い淀んだ。

「髪も抜けました……」

「そうですか……あんたも一度精密検査ば受けたが良かでしょう。被爆者の殆どが急激に白血球が減って、被爆後四〇日位で亡くなっとる……助かったからというて安心せんがよかです。七五年は草木も生えん、なんて言われとったが、今年の春には被爆地にも菜の花や桜が咲いたとかで、ま、いくらか明るい話題も無くはなかですが、何しろ放射能が人体にどげん影響を与えっとか、どげん後遺症が出っとか、詳しかことはまだほとんど解っておらんですけんね」

勝也の入院は予定より長引いて五日が経った。明日は退院という前日、コツコツと窓ガラスを叩く音がした。勝也が不審に思って窓の方を見ると、朝鮮人の真一が辺りを気にしながら覗いている。勝也は驚いて窓を開けた。

「もう、起きても、良いの？」真一が小声で言う。

「うん、もう大丈夫」

「お別れに来たんだ」

「え、どこか行くと？」

「熊本行く。ボク、やっと国へ帰れることになったんだ」

「え！　チョウセンへ？」

「ウン、おとさんの生まれた国」

「そうなんだ。良かったね」

「これあげたくて……」

ポケットから取り出したのは直径三、四センチの一枚のレンズ。

「ゴミの中にあったんだ。きれいに見える」

レンズを覗く真似をして、真一はそれを勝也の掌にのせた。

勝也の目が輝いた。

「え！こんなレンズが欲しかったんだ！　ありがとう！」

「忘れない、君のこと」

「ボクだって」

真一がささくれだった手を差し出し、勝也もその手をしっかり握った。真一の親指の付け根に大きな傷跡があった。勝也が気がついて撫でた。

「石が当たって、折れたんだ」

「……ごめん、みんなで虐めたりして」

「だいじょうぶ。朝鮮帰ったら、日本の子供、負けないよう、勉強する」

勝也は大きく頷いた。廊下に人の声がした。

「……さよなら」

「さよなら」

「生きていればきっとまた逢える」

「うん」

真一は見つからないようにしゃがんで駈けて行った。

勝也は真一の姿が見えなくなると、握りしめていたレンズで枕元にある花瓶の花を覗いた。ぼやけた中に色とりどりの美しい花模様が交錯し、やがてピントが合った。花弁の奥に光り輝く黄金の海が見えた。イルカの大群が力強く跳ね、その光の模様は次第に映写機のレンズから洩れる光に変わった。チカチカと瞬くスクリーンに美しい線香花火が映り、元気な頃の母の姿が浮かんだ。

新制中学校

「静かに！　今日はみなさんにお知らせがあります」

佐伯先生が教室に入るなり、響くような大きな声で言った。

「勝也くんの名字が変わります！」

「えーっ！」またざわめきが広がった。

「今日から寺田勝也くんになります。しばらく入院していましたが、病院の先生のお世話で、寺田家の養子になることになりました」

「養子ってなんですか」龍太が訊いた。

「寺田家の子供になると言うことです。南町の履き物店ですが、子供のない家ですからきっと勝也くんを大事にし、可愛がってくれると思います。本当に良かったと思います」

俯いたままの達夫をよそに、みんなが拍手をし、勝也は嬉しそうにはにかんだ。

「本来なら南小学校に通うべきなんですが、卒業まであと少しだから、そのまま続けることになりました」

みんながほっとしたように息を吐いた。

「今日は他にも大切な話しがあります。みんなは来年の春、国民小学校を卒業し、新制中学校の一年生になります」

「え！　何ですかその、し、しんせい、ちゅうがっこう？」

龍太が叫び、教室は更に大きなざわめきに包まれた。

昭和二十一年、ＧＨＱは教育基本方針を勧告。日本国政府は同年の十二月三〇日、六・三・三制を発表し、男女共学基本法を一九四七年三月三一日施行とした。高等科や高等女学校、実業学校など多岐に別れていたのが新制中学校一つにまとめられ、義務教育となった。

「日本も新しく生まれ変わるんです。小学校を卒業した生徒は全員新しい中学校に入り、更に三年間学びます」

「え！　まだ勉強すっと！」龍太の声に笑いとため息が漏れた。

「龍太のように喧嘩好きで勉強嫌いは行かなくても良い、と言いたいところですが、それは出来ません。義務教育ですから全員が進学します」

「ひえーっ！」龍太がふざける。

「小学校を無事に卒業できたらです！」

「ひどか！」

「もう一つ。新制中学校では北校も南校も一緒です」

「えッ！　南校の奴と一緒！」龍太が立ち上がって言う。

「それだけではありません。男女共学になります。男性も女性も一緒の教室で勉強します」

「えーっ！　おなごと一緒！」

清二が素っ頓狂な声を上げ、勝也も腰が浮くほど驚いた。これまでは男女一緒に遊ぶことすらなかったのだから。

「そうです一緒です。これからは男女平等になるんです」

「平等って？　何ですか」正男が訊く。

「人間はだれでもみんな等しく大切な存在だと言うことです。性別や人種、身分などで差別してはならいということです。これからは男性も女性もどちらが偉いということなく、お互いを尊重し、協力し合っていかねばなりません」

「うひゃー、おなごと一緒になったら、どぎゃんすれば良かとじゃろか？」

龍太が戯ける。

「静かに！　おまけにもう一つ。先生もみんなと同じく新制中学校の先生に進級します」

「うわー、まだ先生と一緒か！」

龍太の声で教室がまた笑いに包まれた。


昭和二十二年になっても、いまだ世の中の物資不足は相変わらずで、国民の生活は困窮を窮めていた。しかし、人や町の表情には明るい兆しが見え始めていた。

新緑をくぐって、自転車に乗った勝也が颯爽と登校して来る。いじめの原因だった髪も生え替わり、勝也には何もかもが希望に燃えて見えた。

新しい中学校には南地区の小高い丘の上にある高等女学校が充てられ、その白い二階建ての校舎は男女共学に相応しい華やかさがあった。何かといがみ合っていた北と南の垣根も意味がなくなった。とは言え教室内では、まだ両者の間には馴染めきれない空気が漂っている。しかも、男と女は別々のグループに固まり合い、暗黙の牽制球を投げ合っていると言った有様である。

「あん子かわいかね」

と正男が言い、指さす方へ龍太が身を乗り出す。

「だれ、だれ？」

「ほら、髪の長か奴……いま後ろ向いたやろ」

「あ、あん子は、南小から来た沢田美里って言うんだ」

清二が訳知り顔で言う。

「何でお前が知っとるとや」

「北の床屋のおっちゃんの親戚で、その親戚のあんちゃんの嫁さんの……妹や」

「ややこしかことば言うな！　ばってん本当に可愛いか」

と龍太がでれーっとなり勝也もつられて見た。

どこか芳美に似ている。勝也と目が合うと美里はツンとそっぽを向いた。その様子に気づいた南小グループのボスである横山が龍太たちを睨み付ける。

そこへ佐伯先生が入って来た。

「静かに！　席順を決めます」

そう言って先生は机の上に二つの紙箱を並べて置いた。

「男性はこちら、女性はこちら。中に数字を書いた紙が入っています。一枚ずつ取って後ろに下がりなさい、一枚ずつよ」

生徒たちはガヤガヤと引き終わった。

「みんな引いた？　紙を開いて自分の番号を見て、……では、一番を引いた人」

「ハイ！」

「はい、男性が黒板に向かって左側の机、女性が右側の机。同じように二番、三番と並んで座ります」

男女一人ずつ、つまりペアで並んで座ることが分かって、ざわめきが起きた。

「五番！……六番！」

生徒たちは相手が決まり、恥ずかしそうに座っていく。横山はデブの春子と一緒になり、皮肉なことに勝也と美里が隣り合うことになった。最後に龍太と清二が残った。

「はい、そこの二人、残念だけど男同士で我慢して」

「えーッ！」龍太が声を上げる。

「自分で引いたくじです、文句は言えないでしょう。はい、赤い糸で結ばれていたと思って仲良く座って」

顔を見合わせて嫌がる二人をみんながクスクスと笑う。

「一学期はこの席順で授業を行います。いいですね。二学期になったらまた席替えします。その二人、決して希望を失わないように。人生は哀しいことばかりではありません」

また笑いが起きた。

「これからは北も南も男も女もありません。みんな仲良く一緒に学んでいってください。いいですね　良く分かりましたね。……では授業を始めます」

全員が隣を気にしながら教科書を出した。

勝也が養子となった寺田家は南地区の、つまり商業地区の商店街にあった。間口はあまり広くないが『寺田履物店』の看板が掛かっており、下駄や草履、地下足袋、ズックなどが少々並んでいる。三十八歳で未亡人となったひとり娘の文子と母親のツル、新しく家族の一員となった勝也の三人暮らしである。

「ただいま！」勝也が学校から帰ると、

「お帰り、早かったね」

ツルが明るく声を掛ける。

肩身の狭かった山村家とは隔絶の差だ。裕福とは言いがたいが、勝也にとっては十分過ぎる家庭だった。店の表側から入ると、右側に細い土間があり、外から帰っても履き物を脱がず、そのまま住まいの奥まで行ける。こうした配置がこの町の一般的な家屋の造りで、勝也の部屋は店の奥に当たる母屋の二階にあった。

文子がミカンを持って、勝也の部屋に入って来る。

「あら、なんば作っとると？」

「幻灯機……」

「へー、勝ちゃんはそげんもんが好きなんだ」

「はい」

「なんば映すとね」

「うーん、……映画のフィルムがなかけん……ガラスに自分で描くつもり」

「勝ちゃんは絵も巧かし、楽しみばい」

紙箱に穴を開け、器用にレンズを取り付けていく勝也を、文子は頼もしげに見つめた。

家では優しい家族との平穏な日が続いたが、学校ではまた、不穏な空気が流れ始めていた。

勝也が美里の隣になったことから、南出身の横山一派が嫌がらせを始めたからだ。

勝也が教室に入ってくると急に静かになる。黒板に大きく英語で『Misato×Katsuya = baby』と書いてあるといった具合だ。教科書や持ち物がよく隠された。

今日も勝也が下駄箱を開けるとズックが消えていた。と、近くで美里が大きな声を上げた。

「なにこれ！」

「あ、それ！」

「わたしん所に入れないで！」と投げ出す。

「僕じゃなかよ」

「じゃ、だれ！」勝ち気の美里が声を荒げる。

「僕じゃなかって」

「なによ！」美里は怒って走って行く。

そうしたある日、横山の下駄箱に手紙が置かれていた。

『体育館の裏で待っています。美里』と書いてある。

「なんだ？　なんだ？」と覗こうとする仲間を制して、

「おれ、ちょっと行くとこがある」

仲間の不満を後に、横山は一人体育館の裏へ急いだ。行く手を遮るように建物の陰から出てきたのは龍太と正男、清二の三人。横山がギョッとなる。

「なんだよ！　お前ら」

「引っ掛かりやがって。美里なんかおらんぞ。お前、虐めてるやろ！」と龍太が詰め寄る。

「だれば？」

「だればじゃなかろが！　勝也を虐めとるやろが！」

「は、あげん弱か奴ば虐めるわけなかやろ！」

「弱かけん虐めとるとやろが！　よう、どげんつもりや！」

「勝也に頼まれたとか」

「ばーか！　お前がやってるこたぁ全部知っとるとぞ。美里だって迷惑なんだよ！」

「おまえに関係なかろうが！」

「関係あっと！　勝也を虐めるやつは俺たちが許さんと！」

「そうか、そいで一人じゃ勝てんけんお前ら三人てわけか」

「ばーか！　俺一人で十分だ！」

龍太がカバンを下ろしながら、「お前ら決して手を出すなよ」と、正男に言った途端に横山の拳が龍太の顎に飛んだ。龍太も一発返した。後は目茶苦茶な殴り合いとなったが、先に伸びたのは龍太だった。

「ちぇっ！　口ほどでもねぇくせに。判ったか！」

横山は唾を吐いて去っていった。

正男と清二が心配そうに駆け寄る。

「大丈夫か……」

「触るな！　お前ら黙って見とるとか」

「て、手だすなて言うたけん」と清二。

「ちぇっ！　お前らもう友達でん、何んでんなか！」

龍太は鼻血を手で横殴りに拭きながら、ぽかんと立っている二人を残して行ってしまった。

横山と龍太の殴り合いがあって、クラスの雰囲気が少し変わった。お互いに牽制し合いながらも、何んとなく対立が薄くなってきたように感じられた。終戦前なら火に油を注いだように、双方が一気に臨戦態勢に入るところだが、やはり世の中が変わったと言うことだろう。町にも出稼ぎや出征兵士が引き揚げて来たり、復興へ向けての新しい空気が流れ始め、子供の世界でも南北対立など殆んど意味をなさなくなっている。勝也と美里の関係もいつか興味の対象から薄れ、嫌がらせも自然に消えていった。

風にそよぐ稲穂の中を、中学生の一行が行進して行く。横山の指揮でみんなが歌う。スコットランド民謡『故郷の空』の替え歌だ。
「♪誰かさんと誰かさんが
むぎばたけ。

チュッチュチュッチュしている
いいじゃないか。

僕には恋人いないけど、
いつかは誰かさんと麦畑♪」

勝也の横には美里が快活に歩いている。

「♪美里と勝也が
むぎばたけ。

チュッチュチュッチュしている
いいじゃないか♪……」

美里が後ろ向いてアカンベーをし、勝也も全く気にしていない。それもその筈、今日は小、中学生向けの映画鑑賞会の日なのだ。勝也は心臓が高鳴り、思わず足が浮いてしまうほど興奮していた。

映画館に入って、勝也と美里は並んで座った。

「私の叔父さん、ここの映写技師よ」

「ほんとう！」

勝也の瞳が輝いた。急に映画が身近になったような気がして映写窓の方を見上げた。

ざわめきの内に映写窓から光が洩れ、大きなスクリーンに外国映画が映し出される。

イギリス映画の『赤い靴』だ。初めて観る外国のカラー映画は勝也の映画への憧れに油を注ぎ、映画の虜となるべく魔法をかけてしまったようだった。

映画のシーンでは、若い男女が見つめ合い、抱き合ったり、キスしょうとすると画面は真っ黒になる。美里の叔父がレンズの前を遮るからだ。場内には不満の声が渦巻く。

勝也は急に大人になったような気分だった。


勝也の幻灯機作りは更に熱を帯び、美里の紹介で映写室へ出入りするようになった。

映画館への出入りは厳しく禁じられていたが、勝也は学校の目を盗んで通用口に駆け込んだ。

美里の叔父の京介が味方だった。

「君は本当に映画が好きなんやな。学校に知れたらどうするつもりや」

そう言いながら、京介は自分の仕事に興味を持つ少年が気に入った。

「大きかろうが。これが35ミリ映写機たい。巡回映画は16ミリじゃけん映写機もこまかけんね」

缶からフィルムを出して見せる。

「この一缶で一〇分。二台ば交替しながら映写していくとさ。この切り替えが慣れるまではなかなか難しかとたい」

勝也は何もかもが珍しくて仕方がない。

京介は時計を見て、

「時間だ、そこに座って見ていな」

と、フィルムをマガジンに納め、手際よくセットしていく。

「面白いか」

「ハイ！」

勝也は緊張の中で京介の動作を見守った。上映開始のブザーが鳴り、京介は映写機のスイッチを入れ、カタカタとフイルムが回り始めると、すかさずアーク灯をつける。１６ミリ映写機がジープなら３５ミリ映写機はまるで重戦車のようだ。

「直接灯りを見るな、目をやられるぞ。黒鉛の電極をスパークさせて出す。稲妻みたいなもんだ」

「ハイ！」

「必ずフィルムを動かしてからアーク灯をつける。これを間違えるとえらいな事になる。フイルムはセルロイドで出来ているから発火するし非常に危険なんだ。映画館の火事って少なくないんだぞ」

京介は小窓から館内のスクリーンを確認すると近くの椅子に腰を下ろす。

「これで一〇分間はのんびり出来っとさ」

勝也はフィルムを送る映写機の動きが面白い。フィルムは生き物のように走り、蛇行するフィルムの中にも映像が動いて見える。

京介が床の隅に貯まっているフィルムの切れ端を取り上げて言った。

「これ持って行くか」

「ほんとう！　貰ってもよかと！」勝也は飛び上がらんばかりに嬉しかった。

「ああ、よかよ」

京介は数本の切れ端を取り上げると、和バサミの刃で駒の端を削り、なにやら液を付けて繋ぎ合わせて勝也に渡した。

「もっと良いのをやろうか」

と、引き出しから大切そうにフィルムを取り出し、一駒だけハサミで切った。

「誰にも見せるなよ、持ち出したことがすぐばれるけん」

「はい、絶対に見せません」

合図で京介がてきぱきと映写機を切り替え、勝也は映写窓からスクリーンを覗く。

映画はイタリア映画の『自転車泥棒』だ。


勝也は家に戻り、裏口から入って二階へ上がろうとして、仏壇の前でしょんぼり座り込んでいる文子に気がついた。仏壇には戦死した夫の海軍兵士の写真が飾ってある。

「……おばさん、どうしたと？」

何だか照れくさくて、勝也はまだ「おかあさん」とは呼べないでいた。

「……どうもせんよ。……命日ば忘れるところだったとよ。……勝ちゃんがこの人の生まれ変わりかも知れんね」

そのとき、庭の方から男の声がした。

「ふみこ！　文子！……」

文子は空耳かと思って返事をしない。

「文子！」

また声が聞こえた。文子はハッとして立ち上がり、庭に面した硝子戸越しに土間を覗いた。

光の中に松葉杖の男が立っている。

「……どなたですか？」

文子は半信半疑で動こうとしない。

「俺だよ。伸介だよ。只今帰りました！」

文子は小声で勝也に訊いた。

「……足が見えるね……幽霊じゃろ……」

「……見える」

「文子！」

恐る恐る硝子戸を開ける文子を伸介が飛びつくようにして抱きしめた。

まだ信じられない文子は伸介の体をまさぐった。

「本当にあんたね！」

「何いっとる。俺だ」

「死んだんじゃなかったと？」

「馬鹿言うな！　俺を幽霊にすっとか！」

「あんた！生きとったんや！」

文子は現実と知り、伸介に抱きついて号泣した。

勝也は突然目の前に起きたシーンを呆然と見つめるだけだった。

「店には誰もおらんかったがお母は元気か」

「ええ、お母さんは元気です。もうすぐ帰ってきます」

「そうか無事か。良かった」

伸介がやっと勝也に気づいて言った。

「この子は誰や？」


家の空気が、がらりと変わった。

夏になり諏訪神社の境内で盆踊り大会が行われ、崎津村から美也もやって来た。浴衣姿の文子と美也が踊りの輪に加わり、後を追うように、ほろ酔いで上機嫌の伸介も大きく肩を揺らしながら踊り出す。

伸介は軽いびっこをひいていた。銃撃戦で胸と左太腿に銃弾を受け、戦場に一人取り残されたが幸い村人に助けられ一命をとり止めた。そんな経緯から戦死の誤報に繋がったのだった。

笑顔で踊る美也の姿が嬉しくて、勝也が見とれていると、浴衣姿の美里が肩を叩いた。

「だーれあん人。勝也くん年上が好きなんだ」

「違う、お姉ちゃんばい」

「え、お姉さんが居ったと、ちーとも知らんかった。きれいかね。……ね、こっち来て」

美里は勝也を近くの茂みに誘った。

「目をつぶって手を出して」

言われるまま出した掌に美里が金平糖を五、六個落した。

「目を開けて良かよ、長崎のおみやげ。お父さんが行ってきたんだ。甘いの嫌い？」

「……」

勝也は掌の金平糖を見て、かつて庭先で線香花火をした後、同じように母が目をつぶらせ、小さな掌に金平糖を落としてくれた事を想い出した。

「どうしたと？」

勝也は涙を堪えるように俯いた。

「かわいか……これから勝ちゃんて呼んでよか？」

勝也は恥ずかしくて踊りの方へ走った。追ってきた美里が勝也の手を取って踊りの輪へ引きずり込む。照れくさいが勝也はもう踊るしかなかった。踊るみんなの顔が輝やき、勝也にとってこんなに幸せな夜はなかった。

勝也の前方で踊っていた美也が、急によろけてしゃがみ込んだ。

「どうしたお姉ちゃん！」勝也が駆け寄る。

「心配いらんよ。今日は嬉しかけん……つい調子に乗ってしまったみたい」

勝也にも、やっと幸せが巡ってきたと思われたのに、この日を境に運命の歯車は少しずつ軋みはじめていた。

出奔・遙かなる夢に向かって

昭和二十四年、伸介と文子の間に男の子が生まれ、寺田家では赤ん坊中心に回り出していた。決して疎まれていた訳ではなかったが、勝也には次第に遠慮する気持ちが働くようになっていった。寺田家のひとり息子が戦死して、いく末を考えたからこそ自分が養子として迎えられたはずだ。だが、戦死したはずの息子が生還し、文子との間に血のつながる子供が生まれたとなれば、自分の存在は意味をなさなくなる。その位のことは勝也にも察しがついた。文子たちの愛情が赤ん坊に集中していくにつれて、家族との絆が薄れていくのを感じた。

追い打ちをかけるように、もう一つの哀しみがやって来た。離れてはいても心の支えであった美也が、養家の都合で長崎へ移転することになったのだった。

「長崎に着いたら手紙を書くから……体に気をつけてね。新しいお父さんお母さんを大切に」

小さな汽船は美也を乗せ、涙をこらえて見送る勝也を残して岬の奥に消えていった。

美也を見送って家へ帰ると、赤ん坊をあやす伸介の声が聞こえた。遠慮するように「ただいま」と小さく声を掛け、勝也はそっと二階の自分の部屋に入った。中学三年生という多感な年齢にあって、勝也はますます孤独を感じるようになっていった。

家に居るときは、寂しさを紛らすように本を読み、数学に熱中した。みんなが嫌う数学は謎を解く面白さがあった。悩み苦しんだあと、答えを見つけた時の喜びは大きかった。数字は実直で少しの間違いも通用しない。1は1であり0はあくまでも0なのだ。反対に、光と影による茫洋として正体の掴めない映像の世界もまた魅力的で、幻灯機作りにも熱中した。初めのころは、壁に貼った画用紙には裸電球のフィラメントしか映らなかった。図書館で原理を調べるうちにフィルムとレンズ間の距離に問題があることが分かり、試行錯誤を繰り返すうちにどうにか映像が結べるところまで漕ぎつけた。映画のように動く映像を映してみたい。京介に貰ったフィルムをするりと引いてみたが縦スジが映るだけだった。

ある日、映画館に向かって自転車を飛ばす勝也の後を、達夫がつけていた。

勝也が映画館へ入って行くのを見届けると、達夫は自転車を折り返した。

「引っ張っただけじゃ無理さ」

京介はそう言って駒送りの部分を示しながら、

「ほらここばよう見ろ。駒は止まって見えるやろ。流れているようで実は一駒ずつ送っているんだ、間欠運動といって……パラパラ漫画はやったことあるやろ、あれと同じ原理さ。一駒ずつ正確に繰るのは機械でなきゃちょっと無理だな」

カタカタという音を聴きながら勝也は途方に暮れた。

翌日、教頭室に呼び出された。

うなだれて立っている勝也の横に、佐伯先生も申し訳なさそうに立っている。

「映画館への出入りは禁じられているのは知っているね」

「……はい」

「昨日、君が入るのを見た者が居るんだが」

「……映画を観に行ったのではありません」

「映画を見ないのに映画館に何しに行く！」

「映写機を見に行きました」

「映写機？　映画館に映写機を見にかね」

「……はい」

「君は将来映写技師にでもなりたいのか」

「いいえ」

「じゃどうして？」

「……映画監督になりたいんです」

「ほう、映画監督、……でも君は映写機を見に行ったと言ったが」

「はい」

「映画じゃなくて、なぜ映写機なんだ」

「どうしてあんなに動いて見えるのか知りたかったからです」

そこへドアをノックする音がして、

「入ります」と美里が顔を出した。

「何だね君は……」

「あの……。わたしが行くように言ったんです。わたしの叔父さんが映写技師なので」

教頭は渋い顔をしたまましばらく黙っていたが、

「……ま、君が真面目に映画のことを知りたいと思っていることは良く分かった。だが校則はきちんと守りなさい。いいね」

「……はい」

「今回は眼をつぶることにしよう。下がってよろしい」

「はい！」

美里は勝也と目を合わせ、ウインクして出て行った。佐伯先生は何も言わなかった。

その夜、勝也が幻灯機をいじっているところへ酒に酔った伸介が入ってきた。

「勝也、お前は何んば考えとっとか。中学生のくせして映画か。やらんばいかんこといっぱいあるやろ。こげんもん作るとは止めろ！」

と、幻灯機を蹴飛ばす。子供を抱いた文子が止めに入った。

「止めんね。勝ちゃんは幻灯機が好きなだけじゃけん」

「好きなことやらせるために家に置いとっとじゃなかぞ！」

「あんた……」

勝也は黙って部屋を出た。

「勝ちゃん……」

「ほっとけ！」伸介が怒鳴った。

文子は勝也の後を追った。勝也は庭へ出た。

「勝ちゃん、ご免な。あん人、酒ば飲んどるけん、気にすっとじゃなかよ。ばあちゃんも勝ちゃんが来て喜んどるとじゃけんね、忘れるとじゃなかよ」

勝也は黙って俯いたままだった。


講堂いっぱいに佐伯先生のピアノの音が流れている。勝也には何の曲か判らないが、胸を打つような哀しい旋律だ。佐伯先生は弾き終わって初めて、壁際にしゃがみ込んで聴いていた美里と勝也に気が付いた。

「あら、何時から居たと？」

「……私も先生みたいになりたい。今の曲はショパンでしょう？」

「良く判るとね。そう、ショパンの夜想曲嬰ハ短調よ」

「わたし大好き。早く弾けるようになりたい」

「沢田さんならきっと上手くなれるよ。……何か用なの？」

「あの……村瀬君、高校行けそうにないって言っているんです」

「両親に相談してみたと？」

「……いいえ」勝也は寂しそうに答えた。

「しなきゃ駄目じゃない。勝也君なら熊本の高校だって十分合格出来ると思うんだけど」

「そうですよね、先生」

「事情は分かるけど……夢を捨てないで欲しいな。映画監督に成りたかとでしょう？」

「わたしは音楽の先生になりたいから……東京に一緒に行こうって言ってるんだけど」

「勝手に言うなよ」

勝也は美里を睨んだ。佐伯先生も二人と並んで床に座った。

「二人とも素敵な夢を持っていると思う。……戦争が終わって世の中が平和になってくれば、きっと音楽や美術や演劇など芸術の分野が大切な存在になって来ると思うんだ。映画はいろんな分野の集まりだし、きっと素晴らしいお仕事かも知れん」

「そうですよね、先生」美里が同調する。

「そうねぇ。人が健康な体であるためには、いろいろな栄養が必要でしょう。心にだって栄養が必要なんよ。それが音楽や映画のような芸術じゃないかと先生は思う。もし芸術を愛し人を愛する心が無くなったら、きっと人間は病気になってしまうかも知れない」

勝也と美里の目が輝いた。

「勝也君……」

言いかけて先生は想わぬことを口にした。

「普通の高校に行けないんだったら、長崎の造船技術学校なんかどう」

「え、長崎の？」

「そう、三菱造船所の技術者を育てるための養成学校。学費は要らないし、教科書や衣服まで支給され、しかも手当も出るからほとんどお金はかからないんだ。卒業したらそのまま三菱造船所の正社員にもなれるしね」

勝也は長崎に造船所があることは勿論知ってはいたが、まさか学校まであるとは初耳だった。

「その代わり競争率は凄かよ。全国から優秀な生徒が集まるから十二、三倍にはなるかな」

「十二倍！」

「勝也くんなら可能性は十分あるよ。賭けてみたらどう」

「でも……僕は造船の仕事なんて考えたこともないし……」

「夢を叶えるための一つのステップと思えばいいんだよ。人生なんてどこでどう変わるか分からないんだし、自分の夢を叶えたいなら、例え遠回りしてもやりたいことを思い続けることなんよ。思い続けていればきっと望みが叶えられる時が来るって」

「そうだよね、先生」美里が声を張り上げた。

「もっと可能性を信じて！」

先生は勝也の肩を叩いて立ち上がった。

美里と別れたあと、勝也はひとり岬の浜辺へ行き、遠い沖を眺め続けた。

――心にだって栄養が必要なんよ。……もし芸術を愛し人を愛する心が無くなったら、きっと人間は病気になってしまうかも知れない。……人生なんてどこでどう変わるか分からないんだから……。大切なのは自分のやりたいことを思い続けること。思い続けていればきっと望が叶えられる時が来るって。

思いがけない先生の言葉が、澄み切った空と海の間に響き渡っていた。

勝也はハッとして立ち上がった。沖をイルカの大群が移動しているのが見えた。

咄嗟に走り出していた。民家の軒先に止めてある自転車が目に止まった。

「おじさんちょっと貸して！」

勝也は自転車に跨り走った。

「おいこら！　こら、待たんか！」

あっけにとられて見送る親爺をあとに勝也は必死でペダルを漕いだ。

岬を回り込んだところに砂浜の入り江がある。勝也は畑を抜け、林を抜け必死に走った。だが勝也が走り込んだ時には、イルカの大群は姿を消していた。がっかりして引き返そうとしたとき、沖を見て座り込んでいる白髪の老人に気がついた。

「おじさん、さっきイルカが通ったよね」

「あぁ、久し振りだった」

「おじさんは近くで見たことあると？」

「そりゃぁあるさ。長いこと漁師やってたけんね。この沖は島原半島と天草の間で一番狭いところじゃけん潮の流れが速かとさ。潮の流れが速かところは魚の宝庫じゃけんね、その魚を追ってイルカが入ってくる」

「イルカってどんな魚？」

「どんな魚って……そうだな、人なっこい不思議な奴さ。船に近寄って一緒に泳いだり、漁師が飛び込めばすり寄ってくるくらいじゃけんね。……時化で船から落ちた漁師が陸まで運ばれて助かったなんて不思議な話もある。わしは未だにイルカの仕業だと信じとる。イルカは利口な魚たい」

「……捕まえたりせんと」

「するさ。富岡みたいに深い入り江に迷い込んだりした時にゃ、村の者が総出で船を出して湾に追い込むとさ。そいで棒で叩いて追い回し、弱ったところで頭を殴ってな、手鉤に引っかけて陸さ引き揚げ、直ぐさま頸動脈を切って殺すとさ。……海がイルカの血で真っ赤になってな、そりゃー勇壮なもんだ」

ショックを受けた勝也の脳裏に、原爆で被災した直後の、浦上川を埋める死体の群れが、想い浮かんだ。

「……可哀想や……」

「そうか？　人間は鯨だって牛だって食べるやろ。腹が減ったら虫だって食べる。命の無かもんはこの世にありゃあせん。きれい事言ったたって人間はそうした命を喰って活きとるとさ」

分からぬではないが、勝也は悲しくなった。

教頭室に勝也と佐伯先生、それに伸介が項垂れて立っている。

教頭の秋山先生が声を荒げた。

「この前問題を起こしたばっかりだろ！　遠くで見ていた奥さんが警察に知らせたらしい。盗むつもりじゃ無かったことはご主人も分かっていたようだが……。もしご主人が許してくれなかったら君は今頃豚箱入りなんだぞ！」

「済みません」仲介が頭を下げる。

「これは君だけの問題じゃない！　学校の信用にも関わる事だ。もし警察沙汰にでもなっていたら、君は他の真面目な生徒たちにまで迷惑をかけるところだったんだぞ！」

「本当に申し訳ないことで……」

仲介がまた深々と頭を下げた。

その日の夜、勝也が机に向かっていると酔った仲介が入って来た。

「高校へ行きたいんだって」

「……」

「俺は一度もそんな話は聞いとらんぞ。そう言うことは俺に相談してからにしろな」

「行くとは言ってない……」

「先生はそう言うとらんかったぞ」

「言ってない」

「嘘つけ！　えろう熱心だった。お前が行きたいって言わんば、先生が言う訳なかろうが。それに何だ。高校を出ていったい何をするつもりや、言うてみ。映画監督だって！　お前はバカか！

ようそんな夢みたいなことば言えるな！　こげん田舎もんがなれる訳ないやろ。……問題ばっかし起こしやがって何が高校だ。行きたかったら自分の力で行け！」


授業中、勝也は窓から見える海をぼーっと眺め続けた。

――高校進学は諦めるより他ないだろう。でもこのまま寺田家に居て自分はどうなる……。幾ら考えても先は一向に見えてこない。

勝也は我に返った。後席の龍太が小さく折りたたんだ紙切れで脇腹を突いている。『イルカを本当に見たいか』と書いてある。

勝也は直ぐに『見たい』と書いて返した。龍太が返信してきた。

『授業が終わったら茂木根の海水浴場に行くぞ』とあった。

学校が退けて、龍太、勝也、正男、清二、誠の五人が自転車三台に分乗して岬へ向かって走った。昨日勝也がやって来た岬の更に奥の方だ。切り立った崖と崖の間に囲まれた小さな入り江に、弓形の美しい砂浜があり、崖寄りに釣り船や古いボートが引き揚げられている。夏場は海水浴で賑わう。龍太たちは隠れるようにやって来ると、ボートの綱を解き、龍太と勝也が一緒に、他の三人がもう一艘に乗り込んで湾口に向かって漕ぎ出した。

もたつく正男たちのボートが大幅に遅れている。

「龍太！　待て！」正男が叫ぶ。

「バカ！　早く来い、見つかるぞ！」

龍太と勝也のボートが外海へ出た。正男たちは三人なのでどうしてもスピードが落ちる。

「あいつら何やってるんだ、もたもたしやがって」

「……本当に居るのかな？」

「イルカはいるか？　なんちゃって。……」

龍太がふざける。

「この近くにはな、住み着いている奴が居って、よう舟に近寄ってくることがあるってさ」

「本当！」

「漁師の銀次兄がよう言うとった。……おい、疲れた！　少し替われ！」

二人が入れ替わろうとしたとき、ボートが大きく揺れてオールが抜け落ちた。

「アッ！」龍太は咄嗟にオールを追って飛び込んだ。その弾みでボートが龍太から離れてしまう。龍太はオールを掴んだが速い潮の流れが二人を更に引き離す。

「龍太ーっ！　早く！」

龍太は必死に泳ごうとするが、オールが邪魔で巧く進めない。ボートが潮の流れに持って行かれる。

「勝也っ！　これじゃダメだ！　おれ、あいつらを呼んで来るから！」

「どうしよう！　大丈夫かーっ！」

勝也はパニック状態になって叫んだ。

「俺は泳ぎは誰にも負けん！　心配すんなーっ！　じーっと待ってろ！」

龍太は手を振るとオールを捨て、遅れてくる正男たちのボート目指して力強く泳ぎ始めた。

海峡を真っ赤な夕陽が海を染めている。

恐怖に怯えながら勝也はなすすべもなくボートの底にへたり込んだままだった。

岬がだんだん遠くなっていく。

夜になって入り江の浜には漁師や家族が集まって来た。

「馬鹿野郎が！　ボートで湾から出る奴があっか！　おい、直ぐ有明沿いの漁協に連絡して船を出して貰え！」

正男や清二たちは震えながら心配そうに漁師たちの様子を見守るだけだ。村人たちが慌ただしく動き、松明を掲げた船が沖へ向かう。

何十という松明の灯が海峡の闇の中に浮かび上がった。浜には伸介と子供を背負った文子や佐伯先生、美里たちも駆けつけた。

「勝也の奴どこまで心配かける気なんだ！」と伸介が怒り、

「お願いします！　助けて下さい！」文子が拝むように言う。

「落ち着け！　海にはまってさえおらんば心配いらん。今は上げ潮じゃけんまだ有明に居る。引き潮になる前に探し出すんだ！　風が出んように祈っとれ！」

灯台の灯りが遙か遠くになり、辺りは真っ暗闇となった。運良く海は凪いでいる。

ボートの上で脅えていた勝也は遠くの闇の中に小さな火の玉を見た。その小さな火の玉が遠くの海上をすーっと点滅しながら走る。光はゆらめきながら増え続け、海上一面を埋めつくしていく。勝也は恐怖を忘れ、その幻想的な不知火の光景に魅せられていった。

朝方になり沖合の松明が輪を描いた。

「見つかったぞ！」

佐伯先生と美里が抱き合ったままへなへなと座り込んだ。やがて焼き玉エンジンの音がして漁船が着き、勝也が抱きかかえられて降りてくる。文子が走り寄って勝也を抱きしめた。

有明海に美しい朝日が射し始めていた。

全細胞を掻き乱す恐怖の一夜は終わった。だが、勝也は翌日になっても薄暗い部屋の片隅で壁に寄り掛かったまま、縮こまって泣き続けた。

龍太は戻っていなかった。

海の見える丘の上にある龍太の墓前に仲間が集まった。

太陽が雲間から強い光を投げている。

「ガキ大将の龍太に敬礼！」と正男が言い、みんなが頭をたれる。

そのとき「ぶっ！」と屁の音がした。

「おい清二、お前この厳粛な時に屁すっとか！　……うわーっ！　くさか！」

正男は鼻をつまんで墓に向かい、

「龍太、清二の屁はほんとにくさかよ、龍太にももういっぺん嗅がしたかった……」

正男の涙声に全員が泣き笑いをした。

勝也は涙の顔を上げることも出来ず肩を震わせた。

今日も勝也は部屋の隅に踞っている。

——よう勝也を虐めたもんなぁ、お前には悪かばってんあん頃が懐かしか。……イルカぐらい逢わしてやらんば罰が当るけんね。……イルカ見たら勝也、お前長崎へ行け。俺も映画好いとるばい。映画監督になれって、そして天草ば撮りに来んか。そん時ゃ俺がぜーんぶ面倒見るけん。

ボートの上で龍太がいった言葉が耳から離れない。

締め切った雨戸の節穴から夕陽が差し込み、揺れる木の葉の影と光が部屋中に写り込んでいる。

ぼんやり見とれていた勝也は、やおら立ち上がって幻灯機を取り出し、フイルムを差し込んで電球のスイッチを入れた。そのとき襖の外から文子の声がした。

「勝ちゃん、勝ちゃん、美里さんが来とらすよ！」

勝也は立ち上がった瞬間、目眩を起こして倒れ、その弾みで幻灯機が転がった。白い煙が出始め、次の瞬間、フィルムが爆発的に燃え上がった。

「きゃーっ！　火事、火事ッ！」

文子の悲鳴に伸介が飛んできて、座布団で炎を叩き消し止めた。

あまり荒れることの少ない有明海だが、冬の風を受けて白い波が立っている。

正月が明けて二月になり、勝也は長崎へ向かう汽船の上にいた。寺田家にこれ以上迷惑は掛けられないという思いもあった。だから家出同然の出奔だった。

勝也は冷たい潮風を受けながら汽船のデッキに立ち続けた。

店先に座り、文子が下駄の鼻緒をすげながら涙を流している。側の籠の中で子供が眠り、年老いたツルが鼻緒を作っている。そして、裏庭で薪を割っている伸介の姿が想い浮かんだ。

——お父さん、お母さん、黙って家を出ることを許して下さい。もうこれ以上ご迷惑をおかけすることは出来ません。……この三年の間本当に幸せでした。行くところもない僕を育ててくれて本当に有り難うございました。ご心配をかけるだけで何一つご恩に報いることもなく家を出ることを許して下さい。長崎へ行ったら姉を訪ねたいと思います。そして三菱の造船技術学校の試験を受けてみます。合格するかどうか分かりませんが、生まれ育った長崎で、自分の夢を実現するために一生懸命頑張ってみたいと思います。……もし出来ることなら将来映画監督になって、お母さんたちに喜んで貰えるような素晴らしい映画を創りたいと思います。

流れゆく天草の島影を見ていた勝也がハッとなった。

汽船のすぐ近くに伴走するイルカの大群が現れたからだ。

勝也があれほど見たかったイルカの大群が、いま目の前で泳いでいる。

背びれで海面を切り、キラキラ光る波しぶきを上げながら力強く泳ぎ続けるイルカの大群！

勝也は寒風を忘れてその勇姿を眺め続けた。

〈第二章　長崎・蛍茶屋〉

茂木港からバスで峠を越え、長崎市内へ入いると思案橋で降りた。勝也が想像していたより街はずっと明るく感じられた。逸る思いで思案橋から浦上方面行きの電車に乗った。あの時は長崎駅から稲佐橋一体は原爆の直撃を受けて瓦礫の原だった。だがすでに新しい建物もでき、復興が一気に進んでいる。浦上駅で降りて少し戻り製鋼所の通りへ出た。この辺りはまだ、折れ曲がった鉄骨や捲れたスレートが、当時のままの無惨な姿を晒している。幼い頃は、製鋼所の巨大な建物の奥からゴォーゴォーと不気味な音がして、勝也は怖くて母にしがみついて通り過ぎたものだった。

浦上川を渡り公園の右側の細い道を上がってみたが、僅か四年の間に風景はすっかり変わり果てており、我が家がどこにあったのかの判断に迷った。更に勝也は記憶を辿り、友だちと遊んだ場所、防空壕や母との思い出の場所を捜してみた。だが、記憶に繋がる場所は見つけることは出来なかった。

とにかく日が暮れる前に姉に逢わなければならない。勝也は美也がいるはずの伊良林へと向かった。連絡もせずに急に家を飛び出して来たので、さぞ驚くだろうが、きっと喜んでくれるはずだ。勝也は封筒にある住所を確かめながら坂道を急いだ。途中で葬列とぶつかり、やり過ごすのに時間が掛かったが、どうにか目当ての住所近くまで辿り着いた。

この辺りは爆心地から三・五キロメートルは離れており、直撃を免れた繁華街と同じ距離だが、爆心地に面していたため、山越えの爆風に晒されて半壊や全壊の被害を受けた地域だ。

坂の途中で、丁度家から出てきた婦人に訊いた。

「伊良林二丁目ってこの辺ですか？」

「そうですよ」

「村野さんていう家は知りませんか」

「村野さん？……その先の石塀のある家だけど……お葬式ならたった今下っていきましたよ。遭われんかったですか？」

「……？」

勝也は思いがけない言葉に戸惑った。

「あの……ぼく村野さん家を探しているんです」

「ええ、村野さん家ですよ」

「……誰か亡くなったんですか」

「あらお葬式に見えたんじゃないとですか。娘さんですよ」

「娘さん？」

勝也はまだぴんと来ない。

「……もしかして、あなた、美也さんの弟さん？」

「……はい」

「美也さんが亡くなったんですよ」

「え！」

勝也は衝撃のあまりに次の言葉が出せなかった。礼も言わず、坂下に向かって走った。先回りして葬列を待ち受けた。目の前を美也の写真が通り過ぎる。勝也は我が目を疑い、追いかけてまた確かめた。間違いなく美也の顔だった。

嘘だ！　お姉ちゃんが死んだなんて嘘だ！

動転した勝也はがむしゃらに路地を走った。

何処をどう走ったのか憶えていない。

走る力も尽きて果て、勝也は石壁に体を打ち付けて慟哭した。


信じられないが頼りにしていたたった一人の姉がこの世から消えた。

生まれ育った街だが、頼るべき人もみんな原爆に奪われ、一人として残っていない。

何一つ口にせず丸二日間街中をさ迷い続けた。思案橋から北へ数分歩くと、右側に石垣が連なる寺町がある。名の通り多くのお寺が集まる一角だ。

夕方になって降り出した雨は、夜が深まるにつれて雪に変わった。

老僧の恵仁和尚は、重くなった番傘の雪を振り落としながら寺まで帰ってきて、山門脇の石段に踞っている少年に気がついた。声を掛けたが返事がなく、慌てて石段を上った。やがて二人の坊主が駆け降りてきて、意識朦朧となっていた勝也を抱きかかえて寺へ運び入れた。

二日経って雪は止み、三日目には清心寺の裏山にある墓地にも明るい陽が射した。

五日後、勝也は恵仁和尚と一緒に村瀬家の墓前に手を合わせていた。

「ご先祖のお墓がこの寺にあるとはねぇ」

「……自分では気がついていなかったんですけど……」

「不思議ですね、きっとあなたのお母さんが導かれたのでしょう。……あなたのお母さんはまだお幸せな方ですよ、こうしてご先祖のお墓にお入りになることが出来たのですから。あの頃は酷い状況でした。今でも清心寺には無縁仏が沢山いらっしゃいます」

勝也は黙って和尚の後に続いた。

「辛い思いをなさったでしょうが、悲しいのは自分だけだと思ってはいけません。……あのとき、親を亡くした人、子供を亡くした人、多くの人が愛する人を亡くしました。助かっても手を失い、足を失い、火傷の痕に苦しんだり……例を挙げてもきりがありません。みんなが辛い思いをしたのです」

勝也は和尚の言葉を噛みしめながら後へ続いた。

「生きると言うことは重い荷を背負って山道を登るようなものです。誰もが大なり小なり哀しみを背負って生きています。どんなに小さくてもいい、希望を見つけることです。そうすれば背負っている荷も少しは軽く感じることが出来ます。……何か新しい道が見つかるまで、このお寺に居て構いません。わたしも出来るだけのお手伝いをさせて頂きましょう」

勝也は言葉もなく深く頭を下げた。

雪化粧をした長崎の街に、雲間から一条の光が射している。

長崎港の桟橋は、早朝から対岸の造船所へ通う従業員でごった返す。忙しく往復する連絡船の中に勝也の姿もあった。

幸い勝也は三菱長崎造船技術学校の学科試験、技能テスト、身体検査、そして最終の面接と四つの難関を突破して無事に合格した。中学の卒業式を前にしての出奔だったが、清心寺の援護と佐伯先生の支援があってのことだった。これで勝也が長崎で生きていく手立ては一応整った。

グラバー邸の庭園から見る対岸の造船所の風景は子供の頃から馴染んでいたが、実際に構内へ入ってみると、何もかもが巨大で、見学の新入生たちはまるで蟻のように小さく見える。

造船技術学校は稲佐山の麓にあった。

前身である『三菱工業青年学校』が原爆で焼失したため、社員の独身寮であった古い木造二階建てを校舎にしたものだ。勝也が育った竹の久保とは一キロメートルほども離れていない。

最初の一年間は普通高校と同様の基礎教育で、二年目から専門学科が増えていく。いずれにしても勝也は造船に全く興味がないため、先生の話は殆ど耳に届かない。

窓から見える港をぼんやりと眺め、朝鮮人の真一がくれたレンズを玩びながら、もの想いに耽ることが多かった。心のスクリーンに写るのは天草の明徳寺で観た映像であり、暗闇にチカチカと光を出しながら回る映写機の姿である。

現場出身の小谷先生が質問を始めた。

「昨日の見学で、みんなも造船所の仕事がどんなものか大体のことは解ったと思う。どんな現場に興味を持ったか、将来、どんな工場で働きたいと思ったか感想を訊きたい。え……山田浩介！」

「ハイッ。僕は小さいころから軍艦が好きで、船を造る仕事に憧れていました。この造船所で、あの有名な戦艦武蔵が造られたのかと思うと、感動し興奮しました。ぜひ船台で船を組み立てる仕事をしたいです」

「よろしい。……次……岸川良！」

「はい。……周囲を海に囲まれた日本は、これからの時代、船が最も重要な存在になると思います。世界に誇れる巨大で早い船を設計したいです」

「うむ。なかなかよろしい。……村瀬勝也！」

ぼんやりと外を見ていた勝也は慌てた。

「村瀬勝也！……居ないのか！」

「は、はい！」

「君は将来何をやりたい」

「？……映画です」

笑いが起きた。

「えいが？」

「……はい」

「ほう、君は面白いことを言うね。船の映画でも作る気かね」

「ち、違います」

「じゃ、何だね」

「人の心を動かすような映画を創りたいです」

「ふーむ、船ではなく人の心を動かすか……君はまるで詩人みたいなことを言うね。残念だがこの造船所には映画を創る工場がない」

みんながまた笑った。

「この学校は将来三菱造船所を、否、日本の造船界を背負って立つ人材を育てるためにある。夢を持つのは自由だし悪くはないが、夢を見すぎてケガなどしないように気をつけて勉強してもらいたい」

またまた笑いが広がった。


まだ冷たい風の吹く早春の長崎港に終業のサイレンが響き渡り、仕事を終えた工員たちが続々と連絡船に乗り込む。勝也と岸川は乗降口に並んで立っていた。

「君の答えにはびっくりしたなぁ。ばってん気持ちは分かるばい。合格した奴がみんな船に興味があるとは限らんけんね。普通の高校に行きたくても、経済的な理由でやむを得ず入った奴だって多かと思うよ。僕もそうたい」

落ち込んでいた勝也は岸川に親しみを感じた。

「……君は何になりたかったとね？」

「僕は……君みたいに映画なんて奇抜なことは思いつかんよ。船ば設計したか言うのは嘘さ。本当は普通の高校に入って大学に行きたかったと」

勝也は本音を言う岸川が好きになった。

「僕んところは山ん陰じゃったけん、原爆の直接の被害はなかったばってんね。……オヤジと兄貴は戦死……俺が母親と妹の面倒ば見らんばいかんとさ」

「そうなんだ……」

港を連絡船の灯りが行き交っている。

「君は何が好きね」

「すきって？」

「趣味というか好きなことあるでしょう」

「…そうだなぁ。写真撮ることくらいかな」

「カメラ持っとると？」

「うん、安物のカメラばってん」

「よかね、僕も写真やりたかばってん……カメラなんか買えんから…」

「二眼レフカメラでよかなら貸してあげるよ」

「本当！　本当に貸してくれる？」

「ああ、よかよ」

「じゃ今度いっしょに、どこか写真撮りに行こうか」

「うん、行こう行こう」

思案橋から右に折れて、丸山の方へ行ったところに映画館街がある。勝也は岸川と別れて直ぐにひとりで映画館へ向かった。最終回の七時に丁度間に合う。映画は『真昼の決闘』だった。やっぱり西部劇は文句なく面白くてスカッとする。勝也は何だか自分が強くなったような気分になって映画館を出た。その後を付ける二人の若いチンピラがいた。寺町へ向かう途中、勝也はいきなり薄暗い路地に連れ込まれた。

「おいお前、技術学校の学生やろ」

「？……」

「どういうことか分かっとるやろ」

もう一人の男が言う。

「何を？」

「鈍い奴やな。金持っているやろが。黙って出せばよかっさ」

勝也が無視して歩き始めようとすると、もう一人の男が後ろから羽交い締めをする。

「おい、聞こえんとか！」

「黙って出せばよかっさ！」

男は胸ぐらを捕まえ腹部へ蹴りを入れ、勝也が倒れるとポケットを探し始めた。

そこへヤクザ風の二人が通りかかった。

「おい、お前ら何やってんだ！　何処の者だ」

一人の男がチンピラの襟元を掴むや殴り飛ばす。二人はあっさり逃げていった。

「お前まだ学生だろう、何か盗られたか」

勝也は体を探り「いいえ」と答えた。

「一人でこんな所うろつくんじゃねぇ、早く帰って小便して寝ろ！」

黙って見ていたもう一人の男が、去ろうとする勝也の襟首を掴んだ。

「ちょっと待て！」

怯える勝也の顔をまじまじと見て、

「名前は？」と訊く。

「……む、むらせ……」

「むらせ……、むらせ、なんだ？」

「……かつや」

「むらせかつや？　本当に村瀬勝也か！」

「……はい」

「俺をよく見ろ、覚えはないか」

「……？……」

「勝ちゃんだな！」

勝也は驚いて男の顔を見詰めた。

「……て、つ、兄ちゃん？」

「そうだ、村瀬哲也さ。加代おばさん家の哲也さ！」

「ほんとに哲兄ちゃん？」

「生きていたとか！」

「哲兄ちゃん！」


丸山の遊郭街への入り口近くに並んだ屋台の一つに二人は座った。

「終戦の翌年の秋に帰ってきて直ぐ浦上に行った。ばってんどこ見ても焼け野原ばっかりで……随分探し回ったとばってん。……結局、親姉弟どころか知ってる者さえ一人も見つからんかった。……なんで戦地に行った俺が生き残って、内地にいた親姉弟が死んでしまったのか、なんてね」

哲也は酒をあおったあと呟くように訊いた。

「美也ちゃんや芳美ちゃんたちはどうしたとね」

「……美也姉ちゃんは……」勝也は言いかけて声を詰まらせた。

「姉ちゃんは……ぼくに黙って死んでしまったと……」

じっと耐えていた涙の堰が肉親に逢えた安堵感からか、あっさり崩れて涙が溢れ出した。

哲也はすべてを察したように、黙って勝也の肩を抱いた。

背後を、調子外れの酔っぱらいの歌が通り過ぎる。

「……勝ちゃんは今どこに住んどると?」

「寺町の清心寺にお世話になっていると」

「清心寺?……お寺じゃなかね」

「うん、助けて貰って……」

「そうか……色々あっただろけんね」

「ばってん、近いうち下宿に移ろうと思っとると。技術学校に入れたけん」

「へー、三菱の技術学校にね! それは凄か! 勝ちゃんは優秀なんだ! 長崎は造船で保っているような街じゃけんね、技術学校生なら下宿屋はどこでん大歓迎じゃん」

「哲兄ちゃんは何んばしよっと?」

「おれ?……俺は……たいしたことやっとらんと」

哲也は言葉を濁して黙った。


技術学校からは学費の他、教材、制服、生活への多少の手当まで支給される。贅沢さえしなければなんとかやっていける。勝也は清心寺があった繁華街の対岸にあたる水ノ浦の下宿に移った。

長崎へ戻ってからの最初の春は、目まぐるしく過ぎていき、あっと言う間に夏になった。

お盆には清心寺を訪れて母の墓前に線香をあげた。祈っている内に勝也は美也が何故死んだのか原因を知りたくなった。

街では精霊流しの松明が焚かれ、提灯に彩られたもやい船が次から次へと移動していく。勝也は爆竹の音を遠くに聴きながら、かつて美也の葬式に出逢った細い坂道を駆け上がった。動転の余りそのままになっていた美也の仏前にも参りたかった。表札を見届け、思い切って戸を叩いた。

「どなた？」と言って養母の淑子が顔を出した。

「勝也さん！」

案内されて部屋へ入ると仏壇に美也の写真が飾られてローソクの火が揺れている。

写真を見ただけで勝也の目にはどっと涙が溢れた。線香をつけ仏壇に手を合わせた。

「お姉ちゃんご免なさい。……お姉ちゃんが死んだと分かったとき、頭の中が真っ白になって…

…どうしていい分からなくて……」

「ずっと勝也さんを捜していたんですよ」

目頭を抑えながら淑子が言う。

「すみませんでした。……お姉ちゃんが死んだのは……原爆症の所為だったんですか？」

俯いてしまった淑子は間を置いて、やっと口を開いた。

「……自殺だったと」

「え！」予想もしない答えだった。

「元気で、明るくて、喜びいっぱいだったのに……」

淑子は急に声を詰まらせ涙を拭った。

「好きな人が出来てね。……私たちには何も言わないまま……稲佐山の崖から……飛び降りたと」

勝也は驚きの余り言葉を失った。

「背中のケロイドのことを凄く気にしていたから、きっと好きな人に知られるのが辛かったんでしょう。どんなにか……」

「……もうちょっと待っといてくれたら、僕が何でも聞いてあげたのに……」

「そうよねぇ、そうよねぇ」

淑子はそう言って笑顔の美也の写真を見詰めて涙を落とした。


稲佐山は長崎港の奥に位置する標高三三二メートルの山で、頂上からは長崎港と市街はもとより、天気が良ければ雲仙、天草、五島列島まで望める絶景の見晴らしポイントである。

水ノ浦の下宿は、稲佐山の南側の麓にあり、急勾配の山道を登れば一時間もあれば往復出来る。学校が終わって、勝也は一人山道を息を切らしながら駆け登った。

夕陽が街を染め、崖上には風が吹き渡り、眼下には港と長崎市街が赤く染まっている。何処かにしょんぼりと美也が立っている気がして、勝也は思わず当たりを捜した。

港の奥から吹き上がる風が、脱けた後しっかりと伸びた長い髪を撫であげる。

「せっかく助かったのに……生きていればまた逢えたのに……」

勝也は悔しくて、心が打ち震えるのを抑える事が出来なかった。

長崎はどこへ行っても坂ばかりだが、勝也たちの下宿も急な坂の途中に在った。二階の二部屋に三年生の牛島、二年生の山下、一年生で勝也と同期の松本の四人。みんな技術学校生だ。

食事は一階の家主の部屋で摂るようになっている。

六〇歳にはなる下宿のおかみの豊子が夕食の給仕をしている。

「村瀬さんは遅かとね。あん人はおとなしかけん、なんかよう分からんところがある」

「まだ慣れんからやろ。松本とはえらいな違いじゃん」

と背が高く細身の牛島がいう。

「先輩！　それはどういう意味ですか」

「上品で小食で……気が優しくて力持ち」と山下が続ける。

「何ですか！　山下先輩まで」

「おばさん、この大食い、下宿代二割増し位にせんば合わんやろ」と牛島。

「そうね、五割り増しでもどうかね」

「ひどか！　おばさんまでそげんこと言うとね。肩身が狭か」

「もう少し痩せてくれれば、部屋も広うなるばってんね」

「あぁ、おばさんもう一杯！」

「はいはい、うちはよう食べる人が好きさね、料理作る張り合いが出るけんね、採算はとれんばってん」

「ひどか！」

みんなが笑う。そこへ勝也が息せき切って帰って来た。

「あ、お帰り」

「すみません遅くなって」

「また稲佐山ね？」

「はい」

「よう登るとね、よっぽど稲佐山が好きたいね。腹減ったやろ、早う食べんね」

「はい」

「松本も一緒に登ったがよかと思うばってんね、少しは痩せるやろ」と牛島。

「またまた、先輩もきつかことを……」

みんなが明るく笑った。


休日には、南山手の哲也の家を訪ねるのが楽しみとなっていた。

少なくとも唯一の生き残りの親戚であり、全くの他人より心が安らぐ存在に違いなかった。

小綺麗な和室の壁には、女物のセーターとギターが掛かっている。

「人を好きになったばっかりに、可哀想になぁ美也ちゃん」

「……」

「女だから火傷の跡は死ぬほど辛かったんやろう。……勝ちゃん、辛かろうばってん何時までもくよくよしてたら美也ちゃん喜ばんと思うばい」

哲也は壁からギターをとって歌い始めた。

古賀政男の〈人生の並木道〉である。

♪泣くな妹よ　妹よ泣くな
泣けば幼い二人して
故郷を捨てたかいがない……♪

切ない歌声とギターの音に、勝也は美也と芳美の事を想いだして涙をこらえた。

「触ってよかね？」

「よかよ」

哲也はギターを渡した。勝也は生まれて初めてギターを抱えた。ボロンと弦を弾き耳を傾ける。

「良か音んする……」聴いている内に何故か涙がポロリと落ちた。

「好きね」

勝也は酔ったようにギターを眺め、頷いた。

「好きなら持って行っても良かよ」

「え？　哲兄ちゃん、もう弾かんと？」

「もっと良かとば買おうと思うとったところさ。持って行ってよか」

「ほんとによかね！」

「よかよか」

勝也はギターを抱きしめ、またポロンと鳴らした。中学生の頃、講堂で聴いた佐伯先生の弾くピアノの音が心の中で重なった。

そこへ哲也と一緒に住んでいる陽子が買い物籠を下げて帰ってきた。

「ごめんね。お腹空いたでしょう。直ぐ支度するから、勝也さんゆっくりしていってね」

「はい」

勝也は嬉しくて、台所でコトコトと始める陽子の後姿に美也の姿を想い浮かべていた。

下宿人

昭和二十六年の春を迎え、勝也は二年生になった。二年目からは週三日が船舶工作や造船構造・偽装、製図の基本などの専門的な講義。あとの三日は組み立て工場内にある実習場での実技訓練が始まった。まずやらされたのがハンマー打ちの訓練。一列に並び号令にあわせて万力に挟んだ鉄片をただひたすら撃ち続ける。簡単なようでなかなか命中しない。ハンマー振りの基本が身に付いたら次は左手に鏨を持ち打つ練習だ。勝也はスジは良い方だったがそれでも時には親指を叩いて飛び上がった。ヤスリ掛けや旋盤、ステーキ盤、ボーリング盤などの現場実習が続いた。

学業以外では牛島、松本、山下の三人は柔道着をぶら下げて道場へ通い、勝也はハンマーで叩いた指に包帯を巻いてギターの練習に熱中した。

ギターの音が聞こえると、隣家の五歳になる一人娘の舞子がすぐに階段を上がってくる。

「ねえ、お兄ちゃん〈ひばりの東京キッド〉弾いて！」

「そげんとは弾けんよ」

「じゃ、〈私は街の子〉」

「弾けん」

「じゃ、〈越後獅子の唄〉」

舞子の要求はだんだん難しくなる。

「そげんとは弾けんって！　まだ練習中ばい」

「早よう上手にならんね。早ようせんば舞子引っ越ししてしまうけん」

「え？　引っ越しすると？　何処へ？」

「知らない。あ、そうだ新しいお家が出来たらお兄ちゃんも一緒に引っ越ししようよ、ね」

勝也は半分しか聞いていない。

「ねったら！　ね、約束！」

無理矢理指切りげんまんをさせられてしまう。舞子は嬉しそうに勝手に歌い踊った。

ある日、舞子にねだられて、勝也は松本と岸川との四人で南山手のグラバー邸に来た。この庭園には四季にわたって花が咲き誇り、長崎の港が一望できる。

「あぁ、良かねぇ。～あーる晴れた日に、ラララララ～……　なんか蝶々夫人になった気分」

松本が両手をひらひらさせて歌う。

「やーだよ、そげん太った蝶々夫人なんか見とうなかー」

「舞ちゃん蝶々夫人なんて知っとると？」

「それくらい知っとるよ。バタフライって言うんだよ。うちはもう二年生だよ」

「蝶々夫人は何時戻ってくるか判らないピンカートンを待ちながら、毎日そこんベンチに腰掛けて港ば見ながらヤケ食いしとった、そしたらドンドン太って……」

「やめてーっ！　夢が壊れる！」

舞子が駆けだしみんなが笑う。

松本とふざけあっていた舞子が大きな声を上げた。

「お兄ちゃーん！　何しとると、こっち来て早く写真撮らんね！」

言われるままに勝也が二眼レフカメラを構える。

舞子は花壇の前で踊り一時もじっとしていない。

「そんなに動き回ったら撮れんよ！　勝手に動かんで僕の言うようにして」

勝也は改めてカメラを構える。

「よーい、……ハイ！　舞ちゃん、始めて！」

「お兄ちゃん、こう？」

舞子はおませなポーズをとる。見ていた岸川が言う。

「お兄ちゃんは映画監督になりたいんだってさ」

「映画監督ってなに?」

「映画を創る偉い人だよ」岸川が答える。

「え、そうなんだ。じゃ、うちは女優さんになる。お兄ちゃんが監督でうちが女優さん。きっと良いコンビに成れるね」

「漫才やるつもり」松本が茶化す。

「違うよ、女優さんだよ。ね、お兄ちゃん、うち駄目？」

「そうだなア」

「ね、駄目なの？」

「いやいや、そげんことなかよ。舞ちゃんは唄は上手いし、美人だし、きっと成れるかも」

松本が割り込んで言う。

「かもねって、駄目ってこと？」

「そうじゃなか。舞ちゃんは頭の回転も速かし、きっと素敵な女優さんになれる。うん、きっとなれる」

「ほめとると？」

「褒めとる、褒めとる」

「うわー、松本のお兄ちゃん、太ってるけど見る目があるーっ！」

「どういたしまして」

松本が戯けて頭を下げ、四人は愉快そうに笑った。

勝也はカメラを覗きながら、映画への憧れがまた頭をもたげ始めるのを感じた。


昭和二十七年の春になって、下宿の隣りであった早崎家の、新しい家が諏訪神社の近くに完成した。舞子との約束のせいでもなかったが、勝也は同期である太っちょの松本と一緒にそこへ移った。牛島は卒業して正式に造船所の社員となり、山下も後一年ということで、そのままの下宿先に残った。技術学校に通うには毎朝、諏訪神社下から電車に乗り、大波止から連絡船で通わなければならないが、週に二度は映画を観る勝也にしてみれば、夜遅くなって連絡船に乗らずに済むことと、街の方にいる方が何かと刺激があって良いと思ったからだ。一方、姉弟のいない舞子の勝也への慕い方は尋常ではなかった。勝也が帰ってくると直ぐにまとわりつく。

「お兄ちゃんお帰り。……ね、お兄ちゃん今度の日曜日どこか連れてって」

「うーん……」勝也が返事を渋っていると、まだ若い母親の静子が台所から顔を出して、

「舞子ッ、駄目よ！　村瀬さんは子供と遊んでいる暇なんか無かとだから。済みませんねぇ、すっかり我がままに育っちゃって」

「もう子供じゃないもん」

二階の窓際の四畳半が勝也の部屋で、襖仕切りの隣が松本の部屋だ。学校から帰ると勝也は作りかけの幻灯機を取り出してレンズを付け始めた。

「何ですか、それ」

「幻灯機……」

「幻灯機？　村瀬くんは何でもやるとね。そう言えば、さっき映画のロケをやっていたな」

「え、どこで、どこで！」

もう幻灯機どころではなかった。

バタバタと諏訪神社の石段を駈け降り、眼鏡橋を目指して走った。眼鏡橋は市内を流れる小さな川に架かる日本最古の石橋だ。松本が言ったとおり、巨大なライトが照らす中で撮影が行われていた。勝也は見物客を押し分けて前へ出た。

「よーい……、スタート！」

監督の声で、橋上の男女が駆け寄って抱き合う。川岸のレールに乗ったカメラがゆっくり移動していく。勝也はもう我を忘れて身を乗り出した。

「こら、前に出るな！」警備員が低い声で威圧する。

映画が創られる過程を目の当たりにして。興味は果てしなく、天草で初めて映画を観たときと同じ興奮が甦えってきた。勝也は撮影が終了する深夜まで、現場に張り付いたままだった。

翌朝、勝也は何時ものように大波止まで行ったが、通勤船には乗らず、南山手方面行きの電車に乗った。撮影を見たい衝動を抑えることができず、一日中グラバー邸での撮影に張り付いた。兎に角何もかもが珍しく時間が経つのを忘れた。

翌日、現場にある実習所へ出ると、教師から「無断で休むとはなにごとだ！」ときつく怒られたが、急に腹が痛くなったので……、と何とか誤魔化した。

終業のサイレンが鳴り渡り、勝也は片づけもそこそこに実習所から飛び出した。早くロケ現場へ行きたかった。製缶工場脇の狭い通路の入り口まで来ると、ロープが張られ、『危険！　迂回せよ！』の看板が置かれている。敷地が広いだけに、迂回すると大変な遠回りになってしまう。勝也は躊躇したが、周囲に誰も居ないのを見届けると、ロープを乗り越えて先を急いだ。

その後の事を勝也は全く憶えていない。


白い霧に包まれた焼け野原を、項垂れた黒い人の群れが続いている。

その中に母と美也と芳美がいる。

「お母ちゃん！　みんなどこへいくと？　ぼくも連れて行って！」

「貴方は駄目、お母ちゃん達はこれからお父さんのところへ行くんだから」

「ぼくもいく！　一緒に連れてって！　お母ちゃーん！」

行列が霧の中に消え、今度は下宿屋の静子や松本、牛島、哲也たちが自分を囲んで、ガヤガヤと話している声が聞こえてくる。どうやら病院のベッドに横たわっているようだが、なぜ自分が病院いるのか判らない。

「気が付いたか！　おい、勝ちゃん！　勝ちゃん！」

と哲也の呼ぶ声がはっきり聞こえた。

目は開かないが夢でないのは確かだ。

「どこば怪我しとるとですか」哲也が訊いている。

「頭です」看護婦らしき女が答える。

「あたま？　何でまた」

「事故の詳しいことは分かりません。……傷は大したことはありませんが、頭ですから暫く安静にして様子を見る必要があります。ご心配いりませんから、今日のところは皆さんお引き取り下さい」

「じゃ、わたしが」という静子を抑えて、

「俺が残ろう。どうせ暇なんだから。みなさんご苦労さんでした。どうぞ、どうぞ」

と哲也が言っている。

勝也が完全に自分を取り戻したのは、それから一昼夜経ってからだった。頭頂部を七針を縫う重傷だったが、幸い脳には異常がなく、面会謝絶も解かれて三日目には大部屋に移された。

その日の夜には岸川が駆けつけ、続いて六〇歳近い一人の工員が見舞いに来た。勝也を発見して病院まで運んだ人物だった。


工場に挟まれた通路の頭上に、部品を運ぶためのクレーンが張りだしている。工場ではよく見かける設備で、その張り出し部分には一畳ほどのコンクリートの床板が填め込まれている。その床板が緩んで落下の危険があったため、安全管理委員によって直ちに通交禁止の処置が執られたのだった。だが、その警告を無視して一人の若者が侵入して来た。そこでコンクリートはピタリと照準を合わせて落下した。しかしタイミングが僅かに遅かったため、若者の後頭部をかすめるだけに終わった。もし勝也の歩く速度が何百分の一秒でも遅ければ、間違いなく下敷きになり即死するところだった。

外科病棟の大部屋は退院近い患者が多いためか、包帯姿が目立つわりには雰囲気は明るい。

「へぇ、君はよっぽど運が良かったとたいね」

隣のベッドに横たわる五〇歳位の工員はため息混じりにいう。一秒の差で死なずに済んだのだから運が良いといえば言えなくもない。勝也は複雑な気持ちだった。

「あなたはどうされたとですか？」

「おれ？　俺は製缶工場の五トンプレス機を操作しとって、機械と鉄板の間に挟まれたとさ。絶対にあり得んことばってんね、魔が差したというか、十分注意しているつもりでも起きる時には起きる」

「……早く治ればいいですね」

「いやぁ、治るったって……指が生えてくる訳なかけんね」

「……」

「脚は骨折しただけやけん治れば歩けるやろうばってん、手の方は親指と人差し指、中指とバッサリやっとるけんね」

「……」

「俺の怪我なんざ造船所の事故にしちゃケチなもんばい。どうせ左手は役に立たんけん、全部ばっさりやられた方がまだ良かったかも知れん」

「そんな……」

「知らんやろ。俺たちの体にゃ全部労災で値段が付いとるとばい」

「え？……」

「腕、脚、手だって手首から先とか。……指も親指が一番高うて……、それも第一関節から、第二関節からって、みんな値段が違うとさ。勿論命が一番高かとばってんね」

「！……」

「大きか声じゃ言えんばってん、子供を大学にやるために指を二本落とした奴もおったて言うばい」

「……」

そこへ奥の方から大きな声がした。

「小便に行きたい者は集合！」

「おう！」

「ほい来た！」

松葉杖をついた男が五、六人並んだ。

「では、極楽浄土へ出発する。オイチニッ、オイチニッ！」

全員が唱和しながら一列に並んで行進を始める。まるでミイラの仮装行列といったところ。部屋中に笑いが起き、看護婦が飛んで来た。

「なんばしようとですか！止めて下さい！　重傷の患者さんだって居らすとですよ！」

連中はかけ声を更に大きくして廊下を行進して行った。

夜間高校の灯

心配していた被爆の後遺症もなく、勝也は無事に技術学校を卒業した。同時に造船所の正式社員となり、飽ノ浦にある組立工場の溶接工として現場に配属された。新人は五名。同宿だった先輩の牛島は二年前にここへ配属されていた。

初めての現場に出ると、強面の島田組長が待っていた。

「君たちは今日から正式の社員だ。まずはおめでとう、と言いたいところだが現場は学校とは違う。正社員としてびしっと働いて貰う。溶接工法はこれからの造船を担う重要な技術だ。お前たちの溶接が悪ければ船は沈んでしまう。基本は学校で学んだはずだが決して現場を甘く見るな！

と言うことで今日から一か月間、溶接工として実践的訓練を行う。分かったか！」

「ハイッ！」

「安全靴は履いているな！」

「ハイッ！」

「革手袋、ハンドシールド、溶接棒ホルダ、チッピングハンマー、全部揃っているな！」

「ハイッ！」

「溶接をなめてかかるな！」

「ハイッ！」

「まず初歩的な平板の接合から始める」

「ハイッ！」

五人は並んで溶接を始め火花が飛び散る。

「なんだそのへっぴり腰は！　それじゃまともな溶接は出来ん、船は沈んでしまうぞ！　もっと腰を落とせ！」

ケツを蹴られて勝也がひっくり返る。

正午のサイレント共に工員たちが食堂に走り込む。軍隊ではないが早飯、早糞が基本だ。五分位で飯をかき込み一分でも長く休憩時間を享受するためだ。キャッチボール、テニス、バレー、卓球、昼寝をする者と様々だが、勝也は岸壁に繋がれた艤装船のアッパーデッキで、隣りの工場に配属されたいた岸川と話し込むことが多かった。

「少しは慣れたね」岸川が座りながら言う。

「いや……、将来が決められてしまったみたいで、なんか寂しか」

「まあね。ばってん悲観ばっかりすることはなかよ。社員になったとやから給料は貰えるし、自分の好きなことに使える」

「実は俺……夜学に行きたいと思っているんだ」

「え、そうか、俺もだよ」岸川が身を乗り出して言う。

「会社が許してくれるやろか」

「ええ顔はせんやろね。ばってん行ってる先輩は結構おるし、絶対駄目ってことはなかよ」

「出来れば大学行って……映画の勉強がしたかとさ」

「相変わらずやな。そげん大学があると？」

「あっとさ。日本大学の芸術学部に映画学科というとが」

「へー、そんな学科があるんだ！」

「うん、随分探してみたばってん日本ではたった一つそこだけみたい」

「知らんかったなぁ」

「でもなぁ……そこには夜間部がなかとさ」

「そうか……。でも、三年間ここで働いて、お金を貯めれば入学金位は何とかなるやろ」

「ばってん、そん先がね……」

「よし、高校に行こう。先のことは先のことさ。まず高校の資格とることが先決やろ」

「そうだね。とにかく夜間高校に一緒に行こう！」

「よし決めた。組長に相談してみる」

開始のサイレンが鳴り渡り、二人は明るい表情で立ち上がった。

「馬鹿野郎、夜学だと！」

いきなり組長の怒声が飛んだ。近くの工員が驚いて振り返るほどだった。覚悟はしていたはずだったが勝也は震え上がった。

「これまで会社がお前らにどれだけ投資していると思っとるんだ。正式に社員になったからには十分働いてその恩を返すのが筋だろうが、え、そう思わんか！　今さら学校行って何の役に立つ。学校よりも腕を磨け。残業も出来んじゃ現場だって困る！」

組長は言い分も聞かず現場へ出て行った。

「……元気出せ、いつものことだ。俺からも良く頼んでおくから」

先輩の牛島に慰められ、勝也はすごすごと引き下がるしかなかった。

長崎市立高校は街のほぼ中心近くの高台に在った。

学生の半分近くを技術学校卒業生が占めており、全国でもレベルの高い夜間専門校として知れていた。つまり春になれば現場での進学問答は珍しいことではなかったのだ。牛島の援護もあり、勝也は三度目の嘆願で組長の了解を得る事が出来た。組長は大声を上げながらも「こいつもまたか！」と内心許していたのかも知れない。

一方岸川の方も似たようなものだったらしい。

夜間高校は四年制だが、技術学校卒業生は二年に編入できる仕組みがあった。勝也と岸川は二年生への編入試験を受けて無事に入学が許可された。一学年三〇名位の二クラス。いわば理系クラスと文系クラスと言ったところだが、二人は揃って文系のクラスを選んだ。どちらかと言えば勝也は理系に強かったが、将来のことを考えてのことだった。

勝也は夜学に通うことで、むしろ働く意欲が湧いていた。

授業が終わり帰り支度をしていると、岸川が声を掛けてきた。

「今日もか」

「うん、ちょっとだけ」

「じゃぁ、先に帰るよ」

岸川を見送って勝也はケースからギターを取り出す。いつも帰りが遅く、下宿では音を出すことが出来ないため、放課後の三〇分が唯一の練習時間となった。誰も居なくなった教室は思い切り音が出せてよく響くので、気持ちが良かった。

勝也が熱中していると隣の教室からマンドリンの音が聞こえてきた。ハッとして曲を変えると呼応するように合わせてくる。ギターを持ったまま急いで廊下へ出た。そして隣の教室を覗こうとしたところへ、同じようにマンドリンを持った女子学生が出てきた。勝也が一瞬ことばに詰まり固まっていると、彼女はにっこり笑って、

「今晩は」とポニーテイルに結わえた頭をぺこりと下げた。

「こんばんは……」勝也は言葉が続かない。

「お上手ですね」

「あ、あなたこそ……」

「合奏できるなんて嬉しい」

「僕もです」

「もっと何か合奏しませんか」

「はい、ぜひ」

教室へ入っていくと彼女は一枚の楽譜を出した。

「一度この曲を合奏してみたかったんです。お願いします」

「できるかな……」

楽譜を見ていた勝也が弾き始めると、彼女も直ぐにメロディを乗せてくる。

演奏が教室中に響き渡った。

廊下に拍手が起き、六〇歳は越えている用務員の藤本がニコニコしながら入ってきた。

「いやー素晴らしか。……明大マンドリンクラブ知っとるね?」

「えぇ、聞いたことあります」と勝也。

「ギターとマンドリンのオーケストラたい。古賀政男もその一員だったけんね」

「そうですか。『影を慕いて』僕よく弾きますよ」

「私も」

「そうね、じゃ聴かしてくれんね」

二人は躊躇なく弾き始めた。切ないマンドリンの音が教室を満たしていく。

演奏が終わると、

「久し振りばい、こげん良か気分になったとは。市校にもバンドが出来れば楽しみばってんね」

と用務員は目を潤ませて言った。二人は嬉しかった。

「もっと聴きたかばってん。……あまり遅くならんようにせんね」

「はい」

二人は顔を見合わせ楽器をしまった。この学校には昼間部がないため、楽器を置いて帰れるのも有り難かった。二人は暗い坂道を話しながら下った。

「学校ではよく弾いているんですか」勝也が訊いた。

「いいえ、毎日でも弾きたいけど、一人じゃ寂しいから。……家では弾けないんです。いつも帰りが遅いから……」

「僕も同じです、下宿だから」

「あら、下宿なんですか？」

「また合奏しましょう」

「ええ、ぜひ。うち、同じ仲間が出来て本当に嬉しい！」

二人は顔を見合わせて喜んだ。

「あら、急がんば終電車に遅れる」

「僕、村瀬勝也！」

「あい、はら、は、る、な！　またあしたね！」

相原春奈は、電車路へ駈けていった。勝也は見送りながら、何だか体中の細胞が生き生きしてきたような気がした。いつもは電車だが下宿まで歩くことにした。

現場研修が終わると、勝也は正式に第二船台に、岸川は第三船台に配属された。溶接作業には慣れてきたが、屈んでの作業が多く体にこたえる。位置を変えるために立ち上がった瞬間、勝也はよろめいて転んだ。見かけた組長が急いで近づいてきた。

「おい、大丈夫か！　言ったろう、夜学と両方じゃ大変だって。今更学校なんか行くこたねえんだよ、現場じゃ何の役にもたちゃせん！……向こう行って少し休んでいろ！」

「……大丈夫です」

「良いから頭冷やしてこい。病気でもしたらもともこもねえだろうが」

昼休みになると、勝也と岸川はいつものように、建造中のタンカーのアッパーデッキで落ち合った。

「元気なかね」

「……最近、なんか体がだるくて」

「注意せんば。被爆者にはそげん症状の者が多かて言うけんね。フラフラ病とか怠け病とか、悪口言う者も居るらしかばい。一度良く診て貰ったらどうや」

「うん……」

「あ、そうだ。東京に行っとる先輩の話ばってん、苦学生のための学生寮があるらしかよ」

「本当ね！」

「うん、寮費月二百円で済むって」

「二百円？　たったの二百円ね。間違いじゃなかと？　そんなら大学にも行けるかも知れん」

「食事代は別ばい」

「それでもよかよ。東京は部屋代が大変みたいだから、住むところが二百円で済むならなんとかなるかも知れん。もっと詳しく知りたか」

「うん、また訊いておくけん、とにかく金貯めろよ」

「そうだね」

勝也は急に目の前が明るくなったような気がした。


最近、放課後の教室が楽器の音で賑やかになっている。勝也たちの演奏に刺激され、ギター担当に林田、井上、そして、マンドリンに女性の竹内などが加わったからだ。

音が鳴り出すと直ぐに用務員の藤本がにこにこしながらやって来る。

「いやー、いよいよ市高音楽隊の誕生かー」

指揮のまねをしていた林田が得意万面に言う。

「任してください。今年の文化祭には晴れの演奏をご披露しますから」

「頼もしかね。ばってん君はいつも口と手先だけじゃなかか」

「何ば言うとですか！　僕の指揮がなからんばもうバラバラですよ」

みんなが笑う。

「君が指揮者じゃ楽隊は何処へ行くか分からんね」

「心配せんで早うあっちへ行って下さい、練習の邪魔になるけん」

みんながまた笑う。日毎に楽隊の音も少しずつ様になり、勝也は学校へ行くのが楽しみになって来た。不思議なもので、嫌だった溶接の仕事も苦にならなくなった。

勝也と春奈は登校前に眼鏡橋で落ち合うことが多くなった。ほんの三〇分位のゆとりしかないが、二人きりでアンサンブルの演奏曲目や今後のことを話し合うのは楽しかった。

「ね、さぼっちゃおうか！」

と勝也が切り出し、

「うん、さぼっちゃおう」

と春奈が乗り出す。幸い今日は練習日ではない。二人は眼鏡橋から観光通りへ出て、浜町の方へ歩いた。夕暮れた繁華街を二人で並んで歩けるなんて幸せだった。

思案橋から少し入った映画館街まで来ると、二人は最初から決めていたかのように顔を見合わせて中へ入った。

映画は『禁じられた遊び』だった。

二人は寄り添って光の瞬くスクリーンを見つめ感動に咽せた。映画館を出ても感動は醒めやらず、二人はまた川淵を歩きながら眼鏡橋まで戻ってきた。

「女の子が、ミッシェル、ミッシェルって名前を呼びながら人混みの中へ消えていくラストシーン。うち、もう涙が出て止まらんかった。……戦争がなかったら、あの子はきっと両親と幸せに暮らすことが出来たのにね」

「戦争は大切なものをみんな奪ってしまう……」

「ギターの音楽も素晴らしかったね」

「うん、一ぺん聴いたら忘れられん。僕もあげん素晴らしか映画ば創れる監督になりたか」

「監督？」

「うん、映画監督」

「そうなんだ。うちも映画大好き。映画を創るって素敵な仕事かも知れんね」

「そう思う？」

「思う。だって映画には、嬉しいことも哀しいことも、怖いことも、ドキドキすることも一杯つまっているもん」

勝也は天草で初めて映画を観た時の興奮と感動を想い出しながら、春奈もまた映画に対して同じ感情を持っていることがたまらなく嬉しかった。

「春奈さんの夢は？」

「うち？　うちは……教えない」

「何んだ。意地悪だな」

「だってうちの夢は平凡だもん。……幼稚園の先生になりたかと」

「幼稚園の先生か……」

「あら幼稚園の先生じゃつまらんと？」

「そげんことなかよ」

「うち、兄妹が居なかったから、子供が大好き。……でも幼稚園の先生になるには高卒の資格が必要なんよね……」

「それで夜学なんだ。……春奈さんは長崎で生まれたと？」

「うん、浦上天主堂の近く」

「え！　そんなら原爆の中心地じゃなかね、よう助かったとね」

「……あの日……叔母さんに連れられて電車に乗っていたとよ」

春奈は急に暗い表情になった。

「何故うちだけが叔母さんと一緒だったのか、思い出せないんだけど……空襲が酷くなってたでしょう。浦上の方は兵器工場がいっぱいあったし、きっと安全のために叔母さんの家のある蛍茶屋へ連れて行かれるところだったんだと想う」

「蛍茶屋？」

「知ってる？　うちはきれいな谷川が流れている蛍茶屋が大好きだった」

「行ったことなかけど電車の終点でしょ」

「そう、ずっと山の方。……電車が長崎駅を過ぎた頃だった。外を眺めていたら一瞬真っ白になって……、気が付いたら叔母さんに抱かれて道端に座り込んでいた。叔母さんはひどい怪我でね、まるで一瞬にして地獄へ迷い込んだようだった」

春奈はそこで息を呑んで続けた。

「浦上の方から、ボロボロの服を着た沢山の人たちが倒れそうになりながら逃げてきた。ボロボロの服に見えたとは腕や肩から剥げてぶら下がった皮膚で……まるで幽霊みたいだった。……何がなんだか判らなくて叔母さんが逃げてくる男の人に訊ねたら、浦上の方に大きな爆弾が落ちたって……。叔母さんは直ぐに私の手を引いて浦上の方へ戻ろうとしたけど、駅から稲佐橋の方はもう火の海でね」

「……」

勝也も燃えさかる街の炎を想い出していた。

「それで男の人の後について、西山から金比羅山を迂回して、山越えでやっと長崎医科大学の方に出たんだけど、一面火の海で煙と焦げ臭いにおいが……、血だらけになって裸足のまま山の方へ逃げてくる人たちに何度も出会った。道ばたに倒れている人もいっぱいいて『水を、水をください！』『助けて！』って叫んでいた。……遠くに燃えている浦上天主堂が見えた。日曜の朝には必ずミサに行っていたのに……。足の裏が熱くて歩けなくなって畑のあぜ道へ入ったら、水たまりに何人もの人が拝むような恰好で死んでいた……」

「……」

「野宿しながら毎日毎日お母さんたちを捜したけど……。結局だれも見つからなかった。……昼間は夢の中にいるみたいで涙も出なかったのに夜になるとね、お母さんが恋しくて叔母さんに抱かれて泣いてばかりいた。……」

春奈は一気にそこまで話すと欄干にすがるようにして肩を震わした。

勝也はそっと春奈の肩を抱いた。

「春奈さん、もう止めよう」

川面に街灯の光がキラキラと輝いている。

「ごめんね……映画を観たら急にいろんなことを想い出して……、叔母さんも去年亡くなってしまったし、今じゃひとりぼっち。……話ができて少しほっとした。だってこんな話を聞いてくれる人なんていなかったんだもん」

二人は黙ったまま川面に揺らめく光を見詰めた。

「……あ、蛍……」春奈が明るく声をあげた。

「どこ?」

「ほら、あそこ、右の……川の上、ほら、ほらあそこ」

「……ほんとだ」

「きれいかね。……あら、あそこにも」

飛んできたもう一匹が先ほどの蛍と一緒になって川の上を舞う。

「きっと恋人同士よ……」

「うん」

「あ、あんなに高くまで……」

蛍は暗い川の上を絡み合い、風に舞うように飛んでいる。

「……ぼく……東京へ行こうと思うんだ」

「え？　東京」

春奈はとつぜん川に突き落とされた思いで勝也を見た。

「……当てはあると？」

「何もなかばってん……」

二人はしばらく黙ったままだったが、急に春奈が明るい声をあげた。

「あら、また蛍！　さっきの二匹やろか」

蛍は絡みながら二人の頭を越えて上流へと飛んで行く。

「きっと蛍茶屋へ行くとよ」

「蛍茶屋……」

「うん、この中島川を辿っていけば私の住んでいる蛍茶屋よ」

「そうか……」

二人は肩を寄せたまま、各々の行く末に思いを馳せた。


丸山遊郭街の入り口から坂道を眺めると、まるで祭の夜店のように華やかな灯りの放列が見える。牛島、岸川、勝也たちが酔った組長に引きずられるようにやって来る。女たちが声をかけ、生まれて初めて見る遊郭の雰囲気に勝也は胸がドキドキして逃げ出したかった。

「お兄さん、遊んでいかんね。ね、寄ってらっしゃいよ。ほら、そこの若いお兄ちゃん、うんと可愛がってあげるばい」

「おい……牛島、あがるぞ」

組長の言葉にみんなは逆らえない。牛島が続けば下の者はずるずるだ。女に迫られ、勝也が尻込みしたとき、三人連れの男とぶつかった。

「おいこら！お前何処に目ついとっとか！　あ、痛てぇ、どうしてくれんだ！　こっちは病み上がりなんでぇ！」

「すみません」

「済みませんで済みやぁ警察はいらんやろ！」

組長が何事かと表に出てきた。

「おい村瀬どうした！」

男と組長の目がかち合った。よせばいいのに酔った勢いで組長が怒鳴った。

「お前えら！　うちの若い者に因縁つけっとか！」

「なんや、因縁だと！　そっちがぶつかっといて、手前らこそ因縁つけんのか！　おう、お前ら造船所の者だな！」

「そうだ！　それがどげんした！」

牛島が止めに入るがもう止まらない。

「この野郎、崎山組を知らんとか！　丸山界隈はこの俺たちが仕切っとるんや、太てぇ顔すんじゃねぇぞ！」

「馬鹿野郎！　長崎ゃ造船でもってんでぇ、文句あっか！」

「なんだと！　この職工野郎っ！」

「おう、職工でえろう悪かったな！　丸山が俺たち職工でもってるのが分かっとんのか！　この出来損ないのチンピラ野郎め！」

「言いやがったな！」

もう止めるどころか牛島も一緒になっての大乱闘となった。

そこへ哲也がやって来た。

「おい、何やってんだ、止めろ！」

男たちは哲也と知って急に温和しくなった。

「おい、どうしたチンピラ！　怖じ気ついたか！」組長が勢いづく。

「止めろ！」と哲也。

「何だと、ええとこでひょろっと顔出して格好つけてよ、手前は誰だ！　邪魔すんじゃねぇよ、引っ込んでろ！」

哲也は絡んでくる組長の襟をつかんで一発殴る。

「おう、やりやがったな！」

ぶっ飛んだ組長の下敷きになった勝也と哲也の目が合った。哲也はばつが悪そうに勝也を助け起こした。そこへ若いお巡りが二人駈けて来た。

「おい！」

哲也は組長を引き起こし、手下の男たちに去れと顎をしゃくり、お巡りに「何でもなかです」と頭を下げる。

「頼みますよ哲さん、騒動起こさんで下さいよ」

「分かっとる、分かっとるって。只の酔っぱらいのじゃれ合いだ。さ、さ、あんた等も忙しかとでしょう」

手払いされ、お巡りたちは困った奴らだ、といった顔で去って行く。組長たちはもう遊ぶ元気もなくなり、勝也と哲也もお互い気にしながら話すこともなく別れた。

「ねえ、そこのお兄さんたち！　勝負が済んだらうちと一発やらない！　うんとサービスするよ！」

明るい女たちの声が飛び交い、元の華やかさが戻ってきた。


丸山遊郭の事件があってから数日が経った。

学校が夏休みに入り、残業に明け暮れていた勝也は、久しぶりに南山手の哲也の家を訪ねた。

哲也に逢うと言うより、正直なところ陽子に逢いたかった。何だか姉の美也が生き返ってきたような気がしていた。

「勝ちゃんも休めるのが日曜だけじゃ大変ね。ゆっくりしていってね。美味しいお料理を作るから」

陽子はそう言って、いそいそと買い物にでかけて行った。陽子の姿が消えると何となくぎこちない雰囲気になる。

「ま、勝ちゃんそっちへ座れ」

やっと哲也が声を掛け、言われるままに窓際に座った。

「……この前は驚いたろう」

「……うん」

「俺だって驚いたよ。丸山でばったりなんてな、ちょっとしたヤクザ映画だ」

「あれは……」

「分かっているよ勝ちゃん。どうせ先輩に引っぱって行かれたとやろ。男ならありそうな話や。勝ちゃんは幾つになった」

「二〇歳」

「そうか、じゃ丸山にも、どうどうと行けるわけだ」

「そうじゃなかよ……まだ学生ばい」

「そげんことは関係なか。男なら一度位行っといても悪くは無か。……実はな勝ちゃん、察しはついとるやろが俺は丸山界隈を収めている親方の下で働いている。ま、世間じゃヤクザってことだろう。……だがな勝ちゃん、俺は人を傷つけるようなことだけはやっとらん。確かに俺は戦地じゃ何人も殺してきた。戦争なんて人を殺すのが仕事みたいなもんや。殺さなければ自分が殺られる。だから戦場では敵を同じ人間だなんて思ったことは一度も無かった。……ばってん……戦争に負けて、命拾いしてやっと長崎へ帰り着いたら、逢いたか親兄弟はおろか、知っている者さえ一人も居らんかった。一目で良かけんお袋たちに逢いたかった……」

「……」

「そん時はじめて殺された者の家族の悲しみが解ったとさ。……途方に暮れ、やけくそになっていたところで今の親方に拾われた。佐賀や熊本の田舎に行って買い出し、テキ屋、その内、賭場の見張り役なんかもやった。……何故か親方には可愛がられた。……俺だって子供の頃には、船に乗って外国に行きたいなんて夢があった。ばってん戦争で全部が本当の夢になってしもうた。で、今は丸山の用心棒って訳さ。勝ちゃんには軽蔑されるか分からんが、俺は俺なりに一生懸命生きてる。ヤクザな仕事やってたって何も悪い事はしとらんけんね」

「うん」

「困った時には俺んところに相談に来んね。俺に出来ることなら何でん力になるけん」

「うん哲兄ちゃん。……」

勝也はしっかりと哲也の目を見つめて頷いた。


始業前、組長が牛島と勝也を呼んだ。

「第三ドックから支援要請が来ている。工期が大幅に遅れているそうだ。今日から二人ともそっちへまわれ。村瀬も夏休みの間は出来るだけ残業しろ。いいな」

日が落ちた薄暗さの中で勝也たちの作業が続く。溶接のアークの光が、あちこちで花火のように輝いた。

眼鏡橋の上では春奈が待ちくたびれていた。

勝也が急いでやって来る。

「ごめん！」

「残業？」

「うん、急に言われて断れなかったんだ、本当にごめん」

「うち怒っとらんよ」

「僕も稼がんばいかんし、夏休みくらいしか残業でけんから」

「ゆっくり逢えるのも夏休みしかなかけん」

二人は欄干に寄りかかり、川面を眺めて黙った。

「……大学のこと少しは分かったと」

「うん、岸川君の先輩の話では東京学生会館というのがあって、貧乏学生は優先的に入れるらしか。兵舎の跡で随分汚か寮らしかばってん、勉強さえ出来ればそげんこと平気やけん」

「……寮に入ると？」

嬉しそうに話す勝也とは反対に、春奈は取り残された思いに駆られていた。

「何か気に障ったとね？」

春奈は涙を溜めて頭を振った。

「部屋借りて自炊出来たらよかとに……」

「無理だよ。ぼくは食事も作れんし、第一そげんお金ないもん」

「……うちがお料理出来るのに」

「え？」

「作って上げるのに……」

「……」

「うちが働いて学費作って上げるのに」

「……僕のために春奈さんを犠牲にするわけにはいかんよ」

「犠牲なんかじゃなかよ」

「映画を勉強したって、将来食べていけるかどうかも分からんし……」

「先のことなんか、誰も分からん」

「春奈さん……」

春奈は拗ねたように離れていく。

二人は新地の中華街へやって来ると一軒の店に入った。

「おいしか！」

言いながら春奈は箸を止める。

「どうしたと」

「最近少し変な感じがするとよ」

「変って？」

「だるいし、喉のところが……。少し声がかすれる時もあるし……」

「病院には行ったと？」

「ううん、別に痛くもないし、少し疲れが溜まったとかも知れん。きっと気のせいよ。……さ、早く食べよう」

「うん」

二人はそれぞれの想いを胸に、料理を食べ始めた。

忍び寄る暗雲

学校の夏休みも終わり、昼は工場、夜は学校と、いつもの目まぐるしい日常が始まった。

勝也と春奈は、夜学校へ行けば会えたし、仲間と音を合わせるアンサンブルの練習は何よりも楽しみだった。唯一ほっと出来るはずの日曜日には、歌と踊りが大好きな舞子が張り付いて離れない。長崎の秋の一大イベントである『おくんち』祭も、「モッテコーイ！モッテコーイ！」のかけ声と共に去って行った。

飛び散る溶接の光の向こうに、四万トンの巨大な船体が姿を現し始めている。勝也はアンサンブルの奏でる音楽を想いながら光に集中する。

突然、ドーンという大きな音が工場を揺るがした。勝也は保護面を投げて立ち上がった。運ばれて行ったはずのブロックが大きく傾いている。

立ちつくしている牛島に勝也が声をかけた。

「組長が立ち合っていたはずでしょう」

「そうだ！」

とっさに勝也も駆け出していた。落ちたブロックの直ぐそばに倒れている組長の姿が見えた。

工員たちが集まり、救急車が走り込む。

「お前は戻って作業を続けろ」

牛島は勝也にそう言い残して救急車のあとを追った。


組長のことが心配だったが、勝也は仕事を終えると直ぐに学校へ向かった。文化祭が近づいており、アンサンブルの練習が追い込みに入っていた。

授業が終わって直ぐにメンバーが集まってくる。勝也はギターをケースから取り出しながら訊いた。

「相原さんは？」

「そう言えば授業に姿、見えんかったね。滅多に休まん人なのに」とマンドリンの竹内。

「何か聞いとらんと」

「いいや何にも……」

「今日は止めて早く帰りますか」

林田が気が抜けたように言う。

「だめよ、林田さんは練習が足りないんだから、それじゃ文化祭には間に合わんよ」

「ゆとりがなかね竹内さんは」

林田が嫌みを言いながらも準備を始めたが、勝也はギターをケースへ戻した。


翌日、勝也は仕事を終えると学校を休み、長崎医大付属病院へ急いだ。

入院室の一つに相原春奈の名札を見つけてノックした。「はい」という、か細い声を聞いて、勝也はそっと中へ入った。カーテンで仕切った二人部屋だ。

ベッドで横になっていた春奈が、勝也と気がついて起きあがる。

「あら……、学校に訊いたと……」

「うん……」

「そう……ごめんね」

「どげん心配したか」

「……かんにん……」

「何処が悪かと？」

「何でもなかとよ。ただ検査したがいいって言われて……。直ぐに退院よ」

勝也はほっとして春奈の手を握った。

「もうすぐ文化祭だよ」

「練習せんば」と弱々しく春奈が言う。

「春奈さんが居ないと練習に実が入らないって、みんなが」

「ごめんね……うちもみんなと合奏したい。もっと練習せんば。特に林田さんはね」

春奈は目で笑った。

「伝える、そう言ってたって」

「いじわるね」

「長く休んでいたら、酷いことになる」

「たいへん、早う学校へ行かんば」

「うん、みんなが待っている」

二人は手を取り合い微笑んだ。

看護婦が入ってきて勝也は診療室へ呼ばれた。若い医師が待っていた。

「ま、そこへ座って下さい。……相原さんは身寄りがないそうですね。で、あなたが一番親しいとお聞きしたので、お話ししておきたいことがあるんですが……。よろしいですか」

「……はい」

「実は、相原さんは甲状腺ガンの疑いがあります」

「え？……」

「喉に出来るガンの一種です。被爆者の、特に女性に多く見られる症例の一つです」

勝也はガンと言う言葉が、どんな意味を持っているのかまだ知らなかった。

「ガンって……原爆の影響ですか」

「いや、それはまだはっきりしたことは分かっていません。更に精密検査が必要ですが……もし悪性だった場合、……相原さんは若いですから急激に進行していく心配があります」

「悪性なんですか？」

「確かなことは精密検査が全て終わってからですが……その可能性もあると言うことです」

「……本人は知っているんですか」

「いや、お話しするのはあなたが初めてです。誰にお話したら良いか困っていました」

「……どうすれば良いんですか」

「手術が最もよい治療法ですが……万が一ということも考えておく必要があります」

勝也はショックのあまり立ち上がることが出来なかった。


それから一週間後だった。勝也のもとに、長崎医大付属病院から来院を要請する手紙が届いた。勝也は仕事を早退して病院を訪ねた。

医師によれば、春奈は矢張りガンだという。

間違いであって欲しいという勝也の淡い期待は打ち砕かれた。

「ガンだと治らないんですか」

「前にもお話ししましたが手術によって摘出するのが最もよい方法です。ただ、万一の場合、声を失うという危険を伴います。それも、腫瘍が小さく初期の段階の話でして……相原さんの場合、甲状腺以外にも気になることがあります」

「じゃどうなるんですか、助からないということですか！」

「いや、そう結論を急がないで下さい。私たちも最善を尽くしますから」

勝也はよろけるように部屋を出たが、直ぐには春奈の病室へ戻ることは出来なかった。しばらく外を歩き回って気を落ち着けてから病室へ入った。

握る春奈の手が温かい。

「マンドリンを弾く練習していたとよ、忘れんように」

春奈は勝也の手の指を弦に見立てて押さえる真似をする。

「何か買ってくる」

勝也は切なくなって逃げるように病室を出ると、近くの浦上天主堂まで走った。天主堂の内部は焼失して崩れ落ち、わずかに残された堂壁の陰で、黒く焼け落ちたマリア像が空を見上げている。

――お母ちゃん、美也姉ちゃん、春奈さんを助けて！　学校も止める！　映画も要らん！　何にも要らんから春奈さんを助けて！

勝也は街を焦がしていく夕焼け空を見詰めたまま立ち尽くした。


市高文化祭の会場は学生や父兄で満席だった。

市高アンサンブルの四曲目の演奏が終わって拍手が起こり、林田がマイクの前に立った。

「僕たち夜学生は昼間働いているので時間がありません。ですから市高アンサンブルのメンバーは、授業中は出来るだけ居眠りで休み、夜遅くまで練習を重ねてきました」

笑いが起きた。

「その努力の甲斐あって、お聴きの通り、すばらしく甘く切ない演奏をご披露することが出来ました」

林田は自画自賛の拍手をし、吊られた聴衆が拍手を返した。

「盛大な拍手を有り難うございます。……ただ一つだけ残念なことは、市高アンサンブルの中心的な存在であったマンドリンの相原春奈さんが、病気に倒れ参加できなかったことです。彼女が参加していれば、もっと素晴らしい演奏をお聴かせ出来たに違いありません。彼女は重い原爆後遺症と診断されました。……詳しいことは省きますが、ギターの村瀬君が入院中の相原さんに送る曲があるそうです。自ら作曲した『春奈のセレナーデ』です。では」

勝也がゆっくりギターを構え、おもむろに弾き始める。その哀愁に満ちたギター演奏が会場に響き渡った。


静かな病室で、勝也に手を握られていた春奈が目覚めた。

「……来ていたと」

勝也は黙って頷いた。

「文化祭は無事に終わったよ」

「そう、良かった。演奏どうだった？　林田さん、間違えたりしなかった？」

「ばっちり。春奈さんが居ったらもっと最高だったのにって言うとった」

「……うちね、さっき夢見ていたとよ。子供たちとお遊戯していたら、その中に勝也さんがおるの。それがね子供なんよ。可愛いくて、……うち、勝也さんと出逢うために神様が原爆から助けてくださったような気がする」

「うん、僕も春奈さんに逢うために助かったのかも知れん」

二人は改めて手を取り合った。

「良くなったら二人で暮らそう」

「……良くなったらね」

「良くなるに決まっているよ。僕がついてるから」

「うちはどうなっても良かけん、勝也さんを映画の学校に行かせて上げたか」

「もうそげんことはよかと、僕は春奈さんのそばにずっと居る。春奈さんさえ居てくれたら他に何もいらんけん」

「うちも生きていたい、生きて勝也さんのそばにずーっと居たい」

泣き伏した春奈のうなじに火傷の跡がのぞいた。勝也は一瞬ハッとしたが、その肌をそっと撫で、ゆっくりと頬を寄せた。春奈は勝也にしがみついて泣いた。

「一緒にいよう、ずっと一緒にいよう」

春奈は泪を拭いて、話を逸らすように言った。

「……もうすぐクリスマスよね。小さい頃は日曜日には必ず浦上天主堂のミサに行ったもんよ」

「そう。……そう言えば去年は二人で南山手の大浦天主堂へ行ったっけ」

「また行きたい。……」

「うん、先生に相談してみよう」

「駄目よ。言ったらお許しは出らんよ。そっと抜け出すから」

「……じゃ、迎えに来る」

「だめ、バレちゃうけん、教会の入り口で待っていて」

「……」

「大丈夫よ。うち入院するほど悪うなかとだから……。必ず行くけん。ね」

「……うん、分かった、必ずね」

「きっとよ。約束」

二人は指を絡めた。


浜町通りは華やかなクリスマス飾りに彩られ、喜々とした表情の人々が行き交っている。大浦天主堂の荘厳なクリスマスのミサには、クリスチャンに限らず多くの市民が参列できる。

勝也は逸る気持ちを抑え、約束した教会の表で待った。だが一時間以上経っても春奈は現れない。

——場所を間違えたのか……いやそんなはずはない……。春奈さんが約束を破るはずはないのだから……もしかしたら容態でも悪くなったのでは……。

勝也は心が急いて天主堂へ入り、頭を垂れる信者の中に春奈を探そうとしたが、それは無謀というほかなかった。

祈りが終わり教会から信者が流れ出る。

勝也は入り口に立ち、延々と続く人混みの中に春奈が現れるのを待ち続けた。


翌日、工期が大幅に遅れていることから残業を強いられ、夜遅くなってやっと岸川と連絡船に乗り込んだ。

「どうや、少しは貯まったね。……受験の時は、先輩が寮に泊めてくれるってさ」

「……やめようかと思う」

「やめる？　何ばや？」

「……大学」

「え！　どうしてや！　あげん行きたがっとったじゃなかか」

「……」

すっかり暗くなった海面に街の灯が揺れながら流れている。

「まさか貯金……、彼女のために使う気じゃなかやろね」

「……どうして人間は病気になったり死んだりするとやろか」

「おい、俺にそげん難しかこと訊くなよ。……運命やろ」

「運命？　だれが決めるとや」

「本当にどうしたとか。……俺は反対やけんね。何のために夜学行ったり、苦労して金貯めたりしたとや。大学へ行くためやろ。自分の夢を叶えるためやろ。捨てるつもりか！」

「捨てたくはなかよ」

「だったら、何で！」

「分からんよ、分かるわけ無いやろ！……今の僕には学校より、映画より、春奈さんの命の方が大事なんや！」

大波止に船が着くなり勝也は電車路へ向かって走った。

岸川は痛ましい気持ちで見送るしかなかった。


急ぎ足で病室へ入ると春奈のベッドは空だった。勝也を追うように看護婦が入って来た。

「クリスマスの夜から姿が見えないんです。心配していたんですよ、ご存じなかったですか。正月は自宅で迎えるようにと院長先生からお伝えはしてあったんですけど……」

看護婦はそこまで言って部屋を出て行くと、紙袋を持って戻ってきた。

「残されていたのはこれだけなんです」

中に入っていたのは本や歯ブラシなど一部の日用品のみ。

勝也は急いで病院を出ると、春奈が勤めていた浜町通りの土産店を訪ねた。年内の店じまいで忙しく立ち働いていた店主は、しばらく休んでいるし何も分からないと首を振った。

年の瀬が迫り街中が慌ただしくなる中で、船台では工期の遅れを取り戻すためにぎりぎり二九日までの作業が続いた。

翌日から勝也は心当たりを尋ね回ったが、洋として春奈の行方は分からない。何処かで遇えるかも知れないと寒い街中を歩き回っている内に大晦日となった。今日も歩き疲れて眼鏡橋にたどり着いた。川面を見ている内に、春奈が何度か口にしていた「蛍茶屋」という言葉を思い出した。だが、詳しい住所までは訊いていない。そうだ土産店のご主人なら知っているはずだ。気がついて急いで戻ってみたが、門松が飾られ扉は固く閉されていた。

毎日のように逢っていながら、住所さえも知らない迂闊さが悔やまれて仕方がなかった。

勝也は赤いランプの点いた蛍茶屋行きの終電車に乗った。「蛍茶屋駅」は街の中心から山の方へ伸びた電車の終着駅だ。

電車は終点の蛍茶屋に着くと勝也一人を降ろして、また街の方へ引き返していく。

薄暗い中で周囲を見回すと山の方へ入る路地が見えた。春奈の言葉を想い出しながら歩いた。

――終点の蛍茶屋駅の車庫の脇に細い路地があってね。……その路地を少し入って行くと左側にお墓が在るとよ。夜遅いと凄く怖くて走るんだけど、直ぐに一ノ瀬橋に着く。中島川の一番上流にある小さくて古い石橋よ。

春奈の言葉通り墓地が在り、更に行くと小さな一ノ瀬橋に着いた。

薄暗い川の両側に家が並び、奥の方まで続いている。

――昔はこの橋から少し登ったところに茶屋が在ってね、長崎から旅に出る人たちは皆そこで一息入れてから峠を越えて行ったんだって。そこいらは蛍の名所でね、それで蛍茶屋って名前が付いたらしかとよ。ね、いい話でしょう。

街灯の薄明かりに小雪が舞いはじめた。

勝也はジャンパーの襟を立て、灯りの消えた古い家並みを手探るように歩いた。結局、探し当てることは出来ず、また一ノ瀬橋まで戻ると途方に暮れて立ち尽くした。

――寂しいところだけど……、でもね、初夏には蛍がっぱい飛んで迎えてくれるし、部屋の中にだって入ってくるとよ。

春奈の声だけが耳元で囁いている。

――ほら、蛍よ……あそこ、右の……川の上、ほら、ほらあそこ。

遠く川に面した二階屋の窓から春奈が身を乗り出して叫んでいる。

降りしきる粉雪が一斉に美しい蛍となって舞い始め、やがて春奈の姿は消えていく。

冷え込んだ夜空の遠くに、悲しげな除夜の鐘の音が聞こえ始めた。


元旦の朝、数枚の年賀ハガキに混じって一通の封筒が届いていた。

裏には〈春奈〉とだけ記されている。

勝也は二階へ駆け上がり、封を切った。

――黙って姿を消してご免なさい。天主堂には行ったけど、逢わない方が良いのではと心が揺れました。この手紙も何度か書いては破きました。でも、黙ったまま去るのは、あなたの愛を踏みにじることだと思い直し、せめて感謝の気持ちだけは伝えなければと出す決心をしました。

勝也さん、勝也さん、わたしの心の中はあなたの名前でいっぱいです。あなたに逢ってから、わたしがどんなに幸せだったか、そして、どんなに生きたいと願ったか、とても言葉で表すことは出来ません。わたしは中島川の蛍の生まれ変わりかも知れません。長い間ずっと暗い土の中にいて、初めて明るい外に出た時あなたに出逢いました。そして、あなたに愛され、人を愛することの、この上ない喜びを知ることが出来ました。『わたしは独りじゃない、もう独りぼっちじゃない』って、病院中に響き渡る大きな声で、何度叫びたい気持ちにかられたか知れません。どんなにあなたを愛していても、わたしはあなたの心の中の光を奪うことだけは出来ません。わたしの灯はやがて消えます。どうかわたしを探さないでください。ひと夏の蛍の命ですから……。

春奈の消息は依然として判らないまま、昭和三十二年の正月は過ぎた。

初出勤から一週間後に、第二船台で巨大タンカーの進水式が行われた。

勝也と牛島、岸川は並んで自分たちが溶接した巨船を見上げた。

「組長にも見せてあげたかったですね」

「そうだな。組長も見たかったやろ。……頑丈そうには見えたばってん、最近は体力が落ちたって嘆いとったし、これが見納めになったかも知れん。……組長はもう現場には戻れんやろ」

「……」

「肝臓と腎臓の持病があったようだし、家族の話だと浦上の製鋼所時代に被爆しとるけん、原爆の後遺症かも知れんって言うとらした。怒鳴ってばかりいたけどなぁ……、被爆者同志ってこともあったのかも知れん、村瀬の体の事を何時も心配していた」

「……」

勝也は黙って巨大な船体を見上げた。

船首に吊したくす玉が開き、鉄の塊が生き物のようにゆっくりと滑り出す。どよめきと歓声の中で船体は海に浮かびアンカーが落とされ水柱が上がる。港に停泊中の船が一斉に汽笛を鳴らし、全工場のサイレンが響き渡った。

進水式が終わった夜、勝也は造船病院の外科病棟を訪ねた。組長が怪我をした直後に一度は見舞ってはいたが、体調を崩して入院されてからは行っていない。病室は直ぐに分かった。

怖かった組長は見るからに痩せ細り、ベッドに横たわっていた。

勝也が「……組長」と声をかけると、組長は「おう……」と一瞬驚いた顔をした。

「タンカー、無事に進水しました」

「そうか。それは良かった。正月早々目出度い話で結構だ。……で、何でお前が来る。学校はどうした」

「ちゃんと行ってます」

「まさか毎晩丸山行っててんじゃねぇだろうな」

「そんな……具合はどうなんですか？」

「この通り元気さ。こんな所でゴロゴロしてたんじゃ体に悪か。元気になったらよ、また丸山へ連れてってやるから」

「勘弁してください」

「遊郭も無くなるって話だ。行くなら今のうちだ、一度位は行っとかなきゃ男が廃るぞ。……ま、お前にこんな話は似合わんか。学校も始まったんだろう。こんなところで時間つぶしてないで早う学校行け」

「早く戻って来てください」

「この野郎、心にもないこと言いやがって。戻ったらうんといびってやっからな」

「お願いします」

「お願いしますはねぇだろう。分かったら早う学校へ戻れ、しっかり勉強しろよ」

「はい、組長も早くよくなって下さい」

「おう、ありがとうよ。ほら俺のことはいいから、早よ行け！」

頭を下げ、出て行こうとする勝也の背を追うように、

「おい村瀬、人生は一回きりだ。自分の好きな道へ進め。後悔すんじゃなかぞ！」

勝也は深く頭を下げて部屋を出た。

組長はもう二度と現場へ戻ることはないのだ、そう思うと心が震えた。

病院を出ると最後の授業が始まる頃になってやっと学校へ辿り着いた。

岸川が心配して待っていた。

「しっかりしろよ。辛かとは分かるばってん、彼女が姿を消したとは理由があったけんやろ」

「どんな理由や」

「それは……お前に負担を掛けたくないとか……自分の希望を捨てないでくれとか……」

そんな慰めは何の役にも立たない。

時間があれば、春奈に出逢えるかもしれないと繁華街を当てもなく歩き続けた。『チャップリンの拳闘王』の看板が目に止まった。天草で巡回映画を観て笑い転げたことを想い出し、悲しみから逃れるようにふらりと映画館へ入った。

まだ正月気分の抜けない満員の観客席が笑いに湧いている。

勝也は最後部の手すりに寄りかかったまま、笑いの渦の中で一人泣いた。


数日経って、勝也は哲也に呼ばれた。

「いろいろ岸川君に話は聞いた。勝ちゃん、行け」

「え？」

「大学へ行け。映画監督になりたかとやろ。行って勉強しろ。入学金位なら俺がみてやる」

「哲兄ちゃん……」

「心配すんな。な、陽子」

「そうよ。私たち決めたとよ、勝也さんを応援しようって」

「聞いたろう。陽子がそう言ってくれたんだ。たった二人生き残ったんだ。兄弟と同じやないか。気にすることない。そうしろ」

「哲兄ちゃん……」

「気にするなって言ったろ。俺だって何時までもヤクザな仕事をするつもりはなか。丸山の遊郭も三月いっぱいで無くなることだし、二人で商売でも始めようって話し合った所なんだ」

昭和三十一年、売春防止法が公布され、翌年四月一日から施行されることになっていた。

「うちは小さな喫茶店をやりたかったとさ。それでね、もう観光通りに小さな店を見つけてあっとよ」

「それじゃお金だって要るでしょ」

「そげんこと心配すんなって。俺たちが何を始めようと金は何とでもなっと。勝ちゃん一人学校出すくらいどうってことなか。勝ちゃんが自分の希望を全うしてくれれば俺たちだって嬉しか。亡くなった勝ちゃんのお母さんにだって顔向けできるってもんさ」

「そうしよう勝ちゃん、ね」

勝也は陽子に手を握って諭され、込み上げる涙を抑えることが出来なかった。

勝也と岸川は、復興なった長崎駅のホームにいた。

二人の出立のために哲也と陽子、アンサンブルのメンバー、岸川の家族など、大勢が見送りに来ていた。荷物は布団袋一つに哲也に貰ったギターとカメラ、これが勝也の全財産だ。長崎を離れてしまえば、みんなと逢えるのもこれが最後になるかも知れない。旅立つ喜びの反面、切なくて、来るはずもない春奈の姿を捜した。

何度も春奈の消息を尋ね歩いたが、結局なんの手掛かりも得ないままの出奔だった。

みんなの姿が見えなくなると、勝也は何か大きなものを忘れているようで、心を落ち着かせることが出来なかった。

二人の前の座席には五歳くらいの女の子と若い母親が座っている。勝也は黙って車窓に流れる景色を眺めていたが、春奈から最後に届いた手紙を胸のポケットから取り出した。

春奈の声が聞こえた。

――あのとき見た蛍のこどもは今頃川の中よね。来年の夏になったら地上へ出て、川風に舞いながら精一杯命の光を灯すんだわ。うちもあなたと一緒に空を飛びたかった。……生きて……生きて、ふんわり、ふんわり、あなたと並んで、明るい光を灯して……。勝也さんの光はきっと映画なんよね。うち、見たかよ勝也さんの心の中の光。……世の中の、悲しみに暮れている人、苦しんでいる人、不幸な多くの人たちに生きる喜びと希望を与える、そんな映画を創って下さい。わたしは星になってあなたを見守っています。……愛しています。……愛しています。……愛しています星の彼方から永遠に……。

東京まで二二時間余、経験したことのない長い旅が始まった。

お兄ちゃんが行ってしまう。

舞子は学校から息を切らせて走り続け、玄関に駆け込んだ。

「お母ちゃん！　お母ちゃん！　お兄ちゃんは！」

「もう行ってしまったよ」

舞子は鞄を投げ出し、泣きながら表へ飛び出す。

「舞子ッ！　舞子ッ！　もう汽車はとっくに出ているよ！」

諏訪神社の石段を泣きながら駆け下りた。最後の一段で勢い余って転げ落ちて、舞子は石畳にうつ伏したまま泣き続けた。


汽車は復興しかかった浦上の家並みを裂き、山を裂いて驀進する。外を見ながら涙をためている勝也の手から落ちた写真を、女の子が拾って差し出した。マンドリンを抱いて春奈が笑っている。岸川が網棚からギターを取って渡した。

勝也は黙って『春奈のセレナーデ』を弾き始めた。

胸の奥から湧き上がってくる涙を抑えながら弾き続ける勝也を、まだ哀しみを知らない少女の大きな瞳が不思議そうに見つめている。

日が暮れた山野を白い煙を吐いてひた走る汽車の後を、一匹の蛍の光が追っている。

哀しい汽笛が深い山々に響き渡った。

〈第三章　東京・光と影〉

昭和三十二年三月の初旬、勝也と岸川は東京駅まで迎えに来てくれた先輩の奥村に連れられて、皇居の内堀に沿って九段坂を上った。この辺りは東京の中央部にありながら緑の多い閑静な場所で、坂を上り詰めれば、桜の名所として知られる千鳥ヶ淵。その直ぐ右側には戦死者の御霊を祀る靖国神社がある。

坂の途中には、皇居内への通用門のひとつである田安門がある。驚くことに先輩は勝也たちを従えて、その重厚な構えの門を堂々と潜って行く。続く石壁を左に折れ、更に五〇メートルくらい歩くと、コンクリートの古めかしい二階建ての建物が見えてきた。

その建物が話に聞いていた東京学生会館だった。

終戦前までは近衛連隊の兵舎だったが、昭和二十二年、アルバイトや下宿など学生を支援する組織として学徒援護会が設立され、学生寮となったのだった。運営管理は全て学生の自治に委ねられている。建物全体は中央の事務棟を挟んで東館、西館に分かれ、トンネルのような長い廊下の両側に、まるで監房のように扉が並んでいる。

案内されたのは西館三十五号室だった。

扉を開いて部屋へ入ると三畳間くらいの板張り、北側に上下スライド式の小さな窓が一つ。側面にカーテン仕切りの四人分の二段重ねベッドという、真に兵舎跡らしい殺伐とした部屋である。寮費一か月二〇〇円というのも宜なるかなである。西館だけで部屋数八〇、ベット数で三二〇人分。東西合わせて六四〇人の学生が住んでいることになる。東京にある各大学の学生数で割り振られており、最も多いのが明治大学と日本大学で、入っていないのは学習院と女子学生くらいである。

勝也たちは空きベッドに寝泊まりし、入学試験を受けて合格すれば、そのまま寮生になれると言うまことに都合の良い算段だった。勝也と岸川は入学試験を受け、判決を待つ囚人の思いで発表の日を迎えた。

張り出された掲示板の中に、勝也の受験番号はあった。

小学生の頃から憧れ、切望して止まなかった映画への扉が一つだけ開かれたのだ。教育学部の二部を選んでいた岸川も無事に合格していた。

二人は抱き合って喜んだ。

これで最大の難関は越えたはずだった。だが世の中はそれほど甘くはなかった。三月末、事務棟に貼り出された入寮合格者名簿に、勝也の名前はなかったのだ。

勝也はひとり寮の裏手にある千鳥ヶ淵の石垣に腰掛けて途方に暮れた。合格の喜びは一瞬にして濠の底に沈んでしまった。心配した岸川が勝也を捜して上がってきた。

「何とかなるって！」

「……下宿代払ってまではやっていかれんよ」

「……例えばさ、夜間部のある学部に変更して昼間働くとか」

「映画ば勉強するために来たとばい。ただ大学に入りたかったとじゃなかか」

「そりゃ分かっとるばってん……」

「映画を諦めるくらいなら、まだ長崎に居った方がよかったと」

「なんで長崎や。東京に居ってなんとか頑張っておれば、新しい道が拓けるかも知れんじゃなか。……そうか、まだ春奈さんのことば気にしとっとやろ」

「そうじゃなか」

「そうやろ」

「そうじゃなか！」

「その弱気は何や、汽車に乗った時、過去は全部捨てたはずやろ。もう前を見て進むしかなかと！」

「俺は自分のことばっかり考えて、春奈さんを見捨てて来た、そのバチが当たったとさ！」

岸川は立ち上がった。

「そうか、そんなら帰ればよか！　長崎に帰っても春奈さんはおらんとぞ！」

「もっと捜せば良かったとさ！」

「捜したっちゃおらんと！」

「なんでや！」

「もうこの世には居らんと！　死んだと！」

勝也は岸川の襟首を掴んだ。

「だれがそげんことを言うた！　言うて見ろ！」

「……」

「言えんやろ、出鱈目を言うな！　春奈さんは生きてるんや！」

勝也は叫んで土手を走った。


壊れかけた電気コンロの上で、鍋代わりの洗面器の中に、すき焼きが湯気を上げている。板張りの床に座り、囲んでいるのは先輩の奥村と同室の佐藤、宮田、それにかしこまって小さくなっている勝也と岸川である。

「おい、もう食えるぞ」

小柄で陽気な宮田が言う。

「まだ煮た方が良いんじゃないですか」と慎重派の奥村。

「大丈夫だって。半煮え位の方が栄養分も残っているし体にはいいんだ。おい食え食え！　今日は君たちの歓迎会だからね」

宮田がブリキの灰皿に肉と野菜を入れて勧める。腹は減っていたが勝也は食欲が湧くどころではなかった。

「遠慮すんなよ。ここじゃ、早い者勝ちだからね。遠慮してたんじゃ生きていけないよ」

一向に手を出さない勝也たちの前で、洗面器の中はあっという間に空になった。

茫然自失の勝也のことなど、だれも気にしてなんかいない。

「ああ、旨かった。君たちはどうして食べないんだ。チャンポンばかり食ってるからすき焼きは口に合わんとやろ。……何だ二人とも元気がないね。それじゃ生存競争には勝てないよ。……そうか君は寮に入れなかったんだ」

勝也には辛い言葉だった。

「貧乏学生なら入れるとじゃなかったとですか」

岸川が長崎弁丸出しで怒ったように言う。

「貧乏人はいっぱい居るからね」と宮田。

「なに言っとるとですか。村瀬は三年も回り道して、働いて金貯めて、やっとのことで芸術学部に合格したとですよ、貧乏学生じゃなかですか」

「そう貧乏貧乏って言うなって。貧乏ったっていろいろだからね。アルバイトで小銭貯め込んでいる奴だって居るんだから」

「まさか俺の事じゃないよな」

隣の佐藤が笑いながら言い、

「茶化せんで下さい！　村瀬の人生が掛かっとるとです」と岸川が怒ったように言う。

「……芸術学部だからねえ……」

佐藤がマッチ棒を楊子代わりにしながら他人事のように言った。

「芸術学部がどうして駄目なんですか」

勝也がはじめて抗議するように口を開いた。

「駄目だって事じゃなくて、芸術学部じゃどうしても後回しになるんだよ。ここに居る奴は殆どが働きながら夜学に行ってるからね」

「僕だって夜学の方が良かったとです。ばってん芸術学部には夜間部がなかけん仕方なかとです」

「そう言うことじゃなくてさ。芸術ってのは贅沢な学問ということじゃないの」

「芸術がどうして贅沢なんですか」

「そうむきになるなよ、俺がそう思ってる訳じゃないんだからさ。でもさ、絵を描いたりピアノ弾いたりするのは、経済的に恵まれたええ所のぼんぼんが道楽でやる事だって、思ってる人が多いんじゃないの」

「村瀬みたいに真剣に芸術を志している者もいます！」と岸川。

「音楽を聴いたり、小説を読んだりしなくたって人間は生きていけるからね。だけど腹が減ったらそうはいかんからな。経済学部や理工、教育学部なんかに比べれば、やっぱり芸術学部は現実から浮いた存在なんだよ」

佐藤はこともなげに言った。

「そうかも知れんばってん、村瀬はここに入れんばやって行かれんとです！」

岸川がむきになる。

「そんなこと言ったって、俺たちが決めた訳じゃないんだからさ」

「そげん深刻にならんちゃよか。芸術学部は駄目だということじゃなくて、空きベッドが足りなかっただけの話なんだから。空きが出るまで、岸川君のベッドを一緒に使わせて貰えばよか」

と先輩の奥村が平然と言って勝也の肩を叩き、

「僕は構わんです」と岸川が即答する。

「そうだよ。黙っとれば判らんよ」と宮田。

「男同士で寝るのも悪くはないかも知れん」佐藤までが笑いながら言った。

先輩たちは実に呑気だった。

岸川と一つのベッドを使うのは申し訳ない。昼間働き夜学に通う身では、ベッドだけが唯一のくつろげる場所のはずなのだ。とは言え勝也が自分の希望を全うするには、先輩たちの言葉に甘え、不法滞在のまま居座る覚悟を決めるしかなかった。


千鳥ヶ淵の桜が満開になり、田安門の入り口も美事な桜のトンネルになった。

田安門を出て九段下まで歩き、都電に乗り神保町交差点で池袋行きに乗り換える。そして池袋から西武池袋線で日大芸術学部のある江古田駅まで行く。寮から一時間そこそこだ。

江古田駅の線路を越え、右折した先に芸術学部の正門があった。新品の学生たちが、希望に満ちてスキップでもするような軽い足どりでぞろぞろと続いている。芸術学部の門を入ると右側に講堂、正面に教室、左側に撮影や録音など製作実習をするスタジオがあった。芸術学部には映画学科の他に放送、写真、音楽、美術、演劇など芸術に関連する殆どの学科が揃っているせいか、学生達の服装も自由奔放に見えた。

勝也は門を入ると校舎を見上げた。

いま、小学生の頃から夢に見ていた映画を学ぶための校舎の前に立っている。信じがたいが紛れもない現実なのだ。心が躍った。

――春奈さん、僕はみんなのお陰で希望に向かって第一歩を踏み出すことが出来ました。これからの四年間、どうやって乗り切っていくか、途方もない賭ですが、例えどんな困難が待ち受けていようとも必ず乗り越えて見せます。天草で初めて見た映画の感動があらためて蘇って来ました。いま僕の心の中には、目も眩むほどの希望の光が輝いています。春奈さん、待っていてください。必ず僕の心の中の光を届けてみせます。

キャンパスでは新入生を部活へ勧誘する学生たちが大声を張り上げている。

「映画はシナリオから！　映画はシナリオから！　シナリオを知らずして映画を学ぶ事なかれ！」

貼り紙には『シナリオ金曜会』と書いてある。よく意味は分からなかったが声の主と目が合った。

「君、君、どうです、シナリオを一緒にやりませんか。女性会員もいっぱい居ます」

「……シナ？　リオ？」

「シナ・リオじゃないシナリオ。知らない？　見たこと無いの？　映画の台本、脚本ですよ」

勝也はこれまでシナリオと言う言葉を聞いたことがなかった。

「君は何学部？　何を目指してるんですか」

「……映画監督です」

「じゃ映画学科の演出コースだ。それなら、まずシナリオを書くことです。シナリオ書けないようじゃ監督にはなれません」

「そうなんですか？」

「そうです。シナリオは映画の設計図ですから、そのシナリオを知らずして映画監督になろうなんて以ての外です」

「……入ると金曜日に必ず出なければならんとですか？」

「いや、気が向いたときで良いんです」

「……考えときます」

「考えるなら、入ってから考える。とりあえず名前を書いて。さぁ、さぁ」

勝也は勢いにつられて入会名簿に書き込む羽目になった。


初めての講義を受けて外へ出ると、生真面目に学生服を着た一人の学生が声を掛けてきた。

「九州じゃなかですか？」

「え……分かりますか」

「分かる、分かる。さっき話しとったとば聞いたけんね」

「そうですか。君は何処ですか。……あ、ぼく村瀬勝也です。長崎です」

「おれ、熊本。深津裕介、よろしく」

「え！　熊本ですか。僕、中学を卒業するまで天草にいました」

「天草、どうりでなまっとっとね」

二人は顔を見合わせて笑った。

その日の帰り、勝也は深津と一緒に西武池袋線の電車に乗った。沿線には音楽大学など学校が多いため電車の中は学生たちで混んでいた。

池袋駅のホームに着き、電車から降りた途端、勝也は後ろから女子学生に服を捕まれた。

「ちょっと、待ちなさいよ！」

「？……」

「あんた最低ね！」

「最低？　何んば言うとですかいきなり」

「触ったでしょう！」

「触った？　何を？」

「しらばっくれないで！　おしり！」

「おしり？……おしりって、だれの？」

「なんて白々しい！　わたしの！」

「君の？　どうしてぼくが君のおしりを触らんばいかんと！」

「まぁ！　良いわよ、そんなに白を切るなら絶対に許さないから」

女子学生は強引に勝也の腕を掴んでホームを引きずって行こうとする。何でそうなったのか勝也にはさっぱり分からなかった。深津は尚更だ。何しろ勝也と知り合って間がない。勝也は訳も分からないまま、混雑するホームを京子に引っ張られ、さながら逮捕された犯人の如く駅員の詰め所まで連れて行かれた。

「この人痴漢です！」

東京に出て来たばかりの勝也には『痴漢』という言葉すらも初耳だった。

駅員は面倒臭そうに勝也の顔を見た後で女子学生に言った。

「何処を触られたんです？」

「お尻です」

「本当ですか」駅員は勝也に訊いた。

「触っとらんです」

「撫でたんです」

「撫でてなんか居ません」

駅員は、勝也を信じたのかどうかは分からないが、女子学生に向かって訊いた。

「撫でたんじゃなくて、触れたんじゃないですか」

「違います。絶対に撫でたんです！」

今度は駅員が深津に向かって訊いた。

「貴方はどう思いますか」

「どう思うかって……」深津が慌てた。

「彼も僕も触るべき理由がありません！」

さすがに勝也は憮然として答えた。今度は駅員は面倒くさそうに女子学生に目を向けた。

「混雑していると、勘違いする女性も時には居ますからね」

「勘違いじゃありません。撫でたんです」

「どちらのお尻ですか」

「左側です」と京子は言ってから、

「ふざけないで下さい！」と怒った。

「貴方の左側にこの人が居たんですか」

「僕が居ました。いや、いや僕は決して触ってはおらんですよ！」

深津は助け船を出したつもりだったが、慌てて打ち消した。

「……この人と決めつけるのは無理じゃないですか」

「貴方はどちらの味方なんですか！」

女子学生は更にいきりたった。

「実は、この前二人組みの女性が、因縁を付けて男性を揺すろうとしたことがあったんですよ」

「因縁ですって！」

「いやいや、勘違いしないで下さい。痴漢は女性の敵です。絶対に許せません。……と言っても明確な証拠がないと……」

駅員の方がおろおろし始めた。

「あなた達はグルですか！　もういいです！」

女子学生は息巻いて去ろうとした。勝也はカーッとなって腕を掴んだ。

「なんば言うとですか！　僕は神に誓って君のお尻なんか触っていない！　触るんならもっと堂々と触ります！」

良くぞ言ったものだが、女子学生はひるまずに勝也をグッと睨んで去っていった。

憮然と歩き出した勝也を追いかけながら深津が不安そうに言う。

「本当に触っとらんとですよね」

「ばかにすんな！　触っとらん！」

「そう怒らんでください。本当だったらどうしようかと思ってドキドキしましたよ」

勝也は本当に腹が立って仕方がなかった。希望に満ちあふれ、幸せの絶頂にあったのにとんでもない濡れ衣を着せられるところだった。

東京とはなんて怖いところなんだ。国電は家よりも高いところを走っているし、渋谷駅で地下鉄を探したらビルの二階にあった。何んだか妖しい街にでも迷い込んだような感じだった。

寮に帰って食堂に行ったら岸川がうどんを食べていた。勝也もうどんを買って隣に座った。

「どうしたと？　今日は学校は？」

「休講になったとさ。それで神保町の古本屋を見て回ったとばってん、あげん何百軒も並んどって商売になっとやろかね。……東京はやっぱり長崎とは違うて面白か」

「ばってん怖か。池袋で電車降りたら女子学生に絡まれてさ。おしり触っただろって」

「お尻？　痴漢だ！　触ったとや！」

岸川にまで深津と同じようなことを言われてまた腹が立った。

「馬鹿言うな。誤解が解けたけん良かったばってん」

「東京は電車の中で女のからだ触る奴がおるらしかけんね」

「へー」

「へーじゃなかよ。くっついてたらムラムラってなることもあるやろ」

「やったことあると」

「なか、なか！　そげんこつしたら犯罪になっとばい、決して触らんごてせんば」

「触らんよ！」


それから数日経った午後だった。

講義を終えて教室から出たところでまた深津に会った。

「やぁ、丁度良かった。麻雀やらない？」

「マアジャヤン？」

勝也は麻雀なんて言葉すら知らない。

「悪い、これからちょっと行くところがあるから」

「デイトか？」

「デイトじゃなか、バイト」

勝也は急いで校門を出ると駅へ向かった。

帰りの電車は相変わらず学生達で混んでいる。勝也がぼんやり外を眺めていると、後ろから手を掴まれた。驚いて振り返ると、この前の女子学生がピッタリ体をくっつけるようにして立っている。

「この前はご免ね」

勝也はドキッとして黙ったまま顔を逸らした。

「む、ら、せ君。村瀬、か、つ、や、君」

彼女は耳元で言いニヤリと笑った。

「……なんで知っとるとですか」

「ちょっとお茶飲んでいこう。この前のお詫び。ね、ちょっとだけ」

勝也は避けようと扉の方へ移動したが、彼女はついてくる。

電車が池袋に着いて、逃げようと急ぐ勝也の背後に大きな声が追ってきた。

「この人ね、チー、カー、チカー」

勝也は仕方なく足を止めた。

女子学生は勝也を喫茶店に連れて行くと、片隅のテーブルに座りコーヒーを二つ注文した。

「あなた映画監督になりたいの？」

「何でそんなこと知っとるとですか？」

「有名だもん、西武池袋線の痴漢」

勝也はカッとなって立ち上がった。

「ご免なさい！　じょ、冗談よ。謝るから座って。……本当はこの前のこと、きちんと謝りたかったの。わたし、途中から貴方じゃないかも知れないと思ったりしたんだけど、引っ込みつかなくて言えなかったのよ。よく触ってくる嫌な奴が居てね、胸を触ったり、お尻を触ったり……」

「もうよかです」

「間違えて本当にご免なさい。お詫びにわたしのお尻触ってもよかですよ」

女子学生が勝也の口調を真似て言う。呆れかえって勝也が立とうとしたところへコーヒーがきた。

「真面目にお詫びしているのに……コーヒーくらい飲んで行きなさいよ」

気圧されて勝也は座った。

「映画学科のお友達に聞いたの、あなたのこと」

「？……」

「知ってるでしょ沢島君。お父さんが映画監督」

「監督？」

「沢島隆三監督」

名作を何本も撮っている抒情派の監督だ。勝也は有名監督の名前を聞いて、いささか興奮した。

「村田君は日活の重役の息子で……杉村君は杉村建設の御曹司よ」

女子学生はごく普通のことのように話を続ける。

「わたしは川井京子。お母さんはピアニストの川井美枝子。お父さんは画家で叔父さんは映画プロダクションの社長をしているの。本当はわたしも映画学科に入りたかったんだけど親に反対されたの。みんな芸術家で苦労しているからね。音楽だって似たようなものだと思うんだけど。親は嫁入り前の暇つぶしくらいにしか思っていないのよ」

——絵を描いたりピアノ弾いたりするのは、ええ所のぼんぼんがやる事だ——みたいなことを寮の先輩が言っていたのを想い出した。確かに毛並みの良い連中ばかりに思えてきた。

「あなたは音楽学科ですか？」

「そうよ。音楽科の二年生」

「じゃピアノ弾けるんですか」

「失礼ね。ピアノなんて小学生の頃から弾いているわよ。まぁ、あまり上手とは言えないけど」

「上手くなくてもピアノが弾ける人が羨ましいか」

勝也は思わず本音を言った。中学生の頃、佐伯先生の弾くピアノ演奏に心奪われ、密かに憧れていたことを想い出した。

「あなたピアノが弾けるようになりたい？」

「なりたかです」

「じゃ、私の家に来る？」

情けないことにピアノの魅力に惹かれて、勝也はいつの間にか京子の掌に乗せられてしまったのだった。

夢とアルバイト

一学期は一般教養の講義が主で、肝心の映画関係といえば、せいぜい映画史や映画概論くらいで、勝也の期待にはほど遠いものだった。

『シナリオ金曜会』の部室はスタジオ脇にある小屋の端っこに在った。暗くて汚かったが、それでもウブな新入生が多く出入りして賑やかだった。勝也は初めて『シナリオライター』という言葉を聞いた時、煙草に火を点けるライターと勘違いしたくらいだったから、書き方なんて知るはずもなかった。部室に行けば何らかの刺激が得られるだろうと思っていたが、先輩で部長の岩崎は「シナリオが書けなければ映画を語る資格はない！　自分の背の高さになるまで書け！」と発破をかけるだけで、いつも遊ぶ話に落ち着く事が多かった。そんな具合で『シナリオ金曜会』で得るものは少なかったが、休講時に時間をつぶしたり、ギターを弾いたりするのには都合の良い場所ではあった。

時間があればシナリオ雑誌を読みまくり、見よう見まねでシナリオの書き方などを憶えていった。ストーリーを考えたり、プロットを書いたりするのは勝也の性に合っていた。

寮では二人で一つのベッドを使っていたが、岸川は昼間働いての夜学だから、夜はほとんど空いている。

勝也はベッドに寝っ転がってストーリーを考えているうちに居眠りを漕いでしまった。

突然、廊下に女性のアナウンスの声が響き渡る。勝也は飛び起きると長い廊下を走った。他の部屋からも同じように飛び出した学生が一斉に事務棟を目指して走る。毎日のことだがアルバイトの募集が夜九時から始まるからだ。あっという間に狭い事務室が二十人位の学生で埋まる。

女子事務員が気だるい声で言う。

「最近外部の人が応募しているという苦情が出ています。当たった人は必ず部屋番号と名前を書いて下さい。では始めます。弁当詰め、三〇〇円、三名！　アドバルーン揚げ二名！　二八〇円。……」

事務員の差し出す箸立てのようなくじ棒に手が群がる。赤が当たりだが勝也は外れた。七番目の仕事でやっと当たり、ノートには岸川の名前を書き込んだ。まだ「潜り」だから自分の名前を書くわけにはいかない。

夏休みは勝也にとってアルバイトが出来る重要な期間だった。

今日の仕事は殺し屋の助手。

朝六時半、勝也は八人の仲間と共に、迎えに来た業者の車に乗り込んだ。同じ寮生だが全く知らない連中ばかりだ。車は都心を抜け晴海の倉庫の前で止まった。総勢十四、五名はいるだろうか。業者は倉庫の前にみんなを集め、声高に命令口調で説明をはじめた。

「みんなには倉庫の窓枠にテープを貼って貰う。ガスが外に漏れないようにするためだ。いいか、窓にかかわらず扉や壁も隙間を見つけたら全部塞げ。そして作業が済んだら全員速やかに外へ出ろ！　後続の会社の者が殺虫ガスを注入する、下手に吸ったら命に関わるぞ、良いな！」

「ハイッ！」

「何棟もあるから手際良くやれ！　分かったか！」

「はい！」

「よし。では作業、始め！」

幅広の粘着テープを渡され、勝也たちが一斉に倉庫に入る。

だだっ広く薄暗い中に米俵が山と積まれており、蒸れた米糠の匂いが充満している。勝也が窓枠の隙間に目張りを始めると直ぐさま荒い声が飛んでくる。

「こら！　何やっている！　まず埃を払え、それじゃ直ぐ剥がれるだろう！　高い所は梯子や脚立を使え、貼り忘れるな！」

籠もっているきつい匂いと熱気で、勝也は汗びっしょりになりながら貼り続けた。

積まれた米俵の上部の壁から一条の光が漏れている。勝也は米俵に上り、背伸びして光を見上げた途端、目眩を起こして転落した。

倉庫の表では作業を終えた学生たちが車に乗り込んでいた。

「みんな居るか！」業者が叫ぶ。

学生たちは顔を見合わせて「ハイッ！」と返事をする。

「じゃ次の倉庫に移動する！」

車はスタートした。


薄暗い倉庫の中で倒れたままの勝也は、意識が戻って薄く眼を開けた。高い窓から美しい光がこぼれている。映画館の中のようだ。よく見ると眩い光の中で春奈が手招きをしている。

車が走り出して間もなくだった。来るとき勝也の隣に座っていた丸顔の学生が声を上げた。

「待って下さい！」

「どうした！」業者が訊く。

「一人足りません」

「なに？」

「全部で何人だった？」

「募集の時、確か八人じゃなかったっけ？」

「もう一度良く数えてみろ！」

業者が慌てて言った。丸顔の学生が叫んだ。

「間違いないです。一人乗っていません！」

「なんだと馬鹿野郎！　中だったらもうガスを入れてるぞ！」

車は慌てて引き返した。

岸川が帰って来たとき、勝也はベッドで横になっていた。

「顔色悪かよ。どうしたとね」

「……今日、危なく死ぬところだった」

「え！　どうしたとや！」

勝也はガスを注入する直前に助け出されたことを話した。

「注意せんば……アルバイトが大切かとは分かるばってん」

「どこが悪いってことは無かとばってん、なんかふわふわすっ時があっとさ」

「原爆の後遺症ってこともあるけんね……。無理せんで困ったときにゃ俺に言えよ。飯代くらいはなんとでもなるけん」

「うん、ありがとう」

「今日はゆっくり寝てろよ、俺、宮田さんのベッド借りるから。どうせ徹夜麻雀だろう」

「済まない」

岸川は宮田のベッドへ上がり、勝也はそのまま疲れ切って目を閉じた。

体の芯からだるさが浸みだしてくる。岸川が言うように原爆後遺症の不安が頭をもたげてくる。

目まぐるしく変化する東京の生活に、十分慣れないうちにもう十二月になっていた。

ある日、講義が終わって部室を覗くと、疲れた顔で壁に寄りかかって眠っている一人の学生がいた。

「こんにちは……」

勝也が声を掛けると学生は薄く目を開け、「やぁ」と応えた。

あまり見かけない人物だった。

「だれも来てないんですか？」

「さぁ、俺も久し振りに来たからね」

顔をみているうちに勝也は見覚えがあることに気がついた。

「あの……、九段の学生会館じゃないですか？」

学生は怪訝な顔で勝也を見上げると、

「……そうだけど」とぼそりと言う。

「やっぱり。この前酔っぱらっていたでしょう」

「？……何時もだけど」


あれはまだ十一月と言うのに、やけに寒い日の夜だった。

勝也は深夜まで床に座って、ミカン箱を机代わりに一人シナリオを書いていた。本来ならベッドで布団にくるまって書きたいところだが、岸川が寝ているのでそうもいかない。火の気のないコンクリートの部屋の冷え込みは厳しく、布団に入っていても寒くて朝まで眠れないことも少なくなかった。

勝也は我慢できなくなってトイレに立った。冷えた長い廊下を行くと壁に寄りかかって踞っている学生を見つけた。それが藤井だった。側には古本屋の大きな看板が立てかけてある。どうやら酔った勢いで神保町の古本屋の看板を担いで来たらしい。寮生のこんな悪戯は珍しくもない。

「どうしたんですか」

藤井は酷く酔っていた。

「こんな処で寝てると風邪引くでしょう」

「い、要らぬお節介だ。お、俺が何処で寝ようと、し、死のうと、お前に関係ないだろう！」

「何号室ですか？」

「何号？　俺は囚人じゃない！」

「分かっています。さぁ」と腕を取った。

「分かっているだと？　ふ、ふざけんじゃないよ！　じゃ聞くが、君は何のために生きてるんだ！」

まともに答えられる質問ではない。

「さあ……早く部屋へ行きましょう」

「誤魔化すな！　答えてみろ！　ハハハ、答えられないだろう！。……答えは簡単だ。死ぬためだ！　死ぬからこそ俺はこの世に生きた証を残したいと思っている。だがな、それが、それが判らん！」

支離滅裂だが、勝也の胸をぐさりと刺すものがあった。

「いや済まん、覚えていないんだ」

藤井は本当に済まなそうに俯いた。

「同じ映画学科とは知らんかったですよ。……何年生ですか」

「五年生」

「五年生？……じゃ僕より一つ年上ですね。僕も回り道しているから皆より三年遅れているんです」

「……それでもやりたいってものは何なんだよ」

勝也は答えに困った。『人を感動させる映画を作りたい』なんて何度か口にしたことはあったが、今になってみると、単なる憧れに過ぎなかったのではないかとさえ思えてくる。

「俺は今年も卒業できそうにない。……バイトばっかしで講義を受けるどころじゃないからね。……もっとももここを卒業したところで、映画界も斜陽だし就職出来るかどうかも分からんけど」

「アルバイトですか……。僕もバイトなしではやっていけないんですが……。実はぼく、寮は潜りなんですよ」

「もぐり？」

「不法滞在なんです」

「そんなの気にすることないよ。俺なんか殆ど学校にも行っていないんだから」

「……田舎は何処ですか」

「北海道、根室。……本当言えば国後だけど」

「国後って……北方四島の」

「うん、親父は終戦後ソ連兵が入って来たとき、深夜にお袋と俺を連れて、手漕ぎ舟で根室へ逃げて来たんだ」

「へー、怖かったでしょう」

「見つかりゃ殺されるんだからね。舟底にへばりついてガタガタ震えていたのを覚えているよ。本土に渡っても住む家はないし、暫く馬小屋の隅に住んでいたんだけどさ、もう馬の小便が臭くって、臭くって」

藤井は寂し気に笑った。

「……僕は南育ちだから北海道には憧れてましたけどね」

「南って何処？　九州？」

「ええ、長崎」

「長崎か……原爆には遭わなかったの」

「僕だけ助かったんです」

「そうか、君も苦労してるんだ」

「少しはね。……どうして映画を選んだんですか」

「馬小屋に住んでいた頃、巡回映画を見たんだ。子供心に凄く感動して、直ぐに将来は映画監督になろうって決めていた」

「僕もそうなんです！」

「なんだ同じか。子供の頃って単純だからね。夢は簡単に手に入ると思っている」

「いやぁ、日本の北と南の子供が映画監督を夢みて、東京のど真ん中で出会ったという訳ですか」

「しかも同じ貧乏長屋で」

二人は顔を見合わせて寂しく笑った。

酒宴、そして哀切

東京に来て初めての正月となった。

貧乏長屋の住人でも、正月ともなれば故郷へ帰省する者が半分くらいはいる。勝也には故郷はあれど、帰るべき家がない。長崎の陽子からは帰って来るようにと手紙が届いていたが、往復の汽車賃を考えればそうもいかない。

岸川が帰省すると急に長崎が恋しくなった。いや春奈に逢いたかった。「春奈さんは死んだんだ！」と岸川は言ったが、今でも浜町辺りを歩いていれば、ぱったり逢えるような気がする。岸川が言うように本当に死んだのなら幽霊でもいい、春奈に逢いたい。

人が減った所為でもないだろうが、めっぽう冷たい風が長い廊下を吹き抜け、寮全体が冷蔵庫のように冷えてくる。

「寒い、寒い」

宮田が白い息を吐きながら、季節外れの蝿のように手を擦りながら部屋から出て行った。

暫くして隣室の森下と一緒に七輪を抱えて戻ってきた。

「おい村瀬、何か燃やすもんを探してこい」

「え？」

「何でも良いから」

勝也は外へ出て震えながら土手の林でやっと枯れ枝を二、三本拾って来た。

「それだけか。もっとないのか」

宮田は部屋の壁板を剥がし始めた。

「そんなことして大丈夫ですか」

と森下は言いながら一緒になって剥がし始める。壁板のお陰で部屋は少し暖かくなった。

「お前、何か食うもの調達してこいよ」

「分かりました」

森下はあっさり引き受けて部屋を出たが、しばらくするとモチ、スルメ、ウイスキー、それに新しく二人を連れて戻ってきた。

「おう、最高、最高！　まあそこへ座れ」

宮田がスルメを焼き始めると、匂いを嗅ぎつけた二人が更に加わり、あっという間に三人が七人に膨れあがった。壁板は更に剥がされ、七人の胃袋は膨らんでいった。その内酔っぱらった宮田がベッドから何やら持ち出した。

「なんですか?」

「それオモチャですか」と森下。

手の平にすっぽり入るような小さなピストルだ。

「どうしたんですか、それ!」

「本物ですか!」勝也も慌てて言った。

「本物だと思うよ。銃口はちゃんと開いているし、引き金も動く」

宮田はそう言ってカチッと鳴らした。

「本物だったら、やばくないですか!」

「大丈夫、大丈夫、弾はないんだから」

「ないんですか」

森下は急にがっかりしたように声を落とした。

「貸してやるよ」

「いいですよ、弾のないピストルなんか。おっぱいのない女と同じでしょう」

みんな素人ばかりで、それが本物のピストルかどうかは遂に判らずじまいだった。仮に本物で弾があったとしても、銀行強盗でもやらかす度胸のありそうな者は居そうになかった。みんなの興味は直ぐに薄れて、話は女のことで盛り上がった。盛り上がりついでに、宮田が壊れ掛けたアコーディオンを明大の奴から借りてきた。

「おい、村瀬！」

勝也がギターで伴奏を強要され、合わせているうちに更に人数も増えて、部屋中歌声喫茶のようになってしまった。

ピストルによる事件も起きず、平穏に正月は過ぎた。


分厚いコンクリート造りの寮は夜中のうちに冷凍庫になる。

早朝四時半、ベッドを出ると吐く息が白い。室内でこうだから外は凍えるように寒い。勝也は手足が痺れるような寒さの中、一〇人あまりの学生と一緒に寮を出発した。何時も出入りする田安門とは反対側の竹橋を渡り、手をポケットに突っこみ、背中を丸めて白い息を吐きながら黙って歩く。東京駅の八重洲口までは歩いて三〇分そこそこだ。広場には既に着ぶくれした浮浪者たち五、六〇人が並んでいる。到着すると直ぐにヤクザ風の男がやって来て、彼らの後ろに並ばされた。

「おい、そこの鍋を背負ってる奴、きちんと並べ！　そんな物までここへ持ってくるなって言ってるだろ！」とダフ屋が怒鳴る。

「なんだこの臭いは」ひとりの学生が言った。

「お前だって臭いぞ。いつ風呂入った？」

「……一か月位前かな」

「他人のことが言えるか」

寮には風呂がない。言われてみれば勝也も何時入ったか憶えていない。「おーい！風呂行くぞ！」と廊下でだれかが声を掛け、やっと気が付いて、おれも、おれもとついて行く程度なのだ。一、二週間風呂に入らないからといって、別に病気になる訳でもない。

銭湯はあちこちに在った。ちなみに寮の近くでは九段上の靖国神社の脇。九段坂下の交差点の傍。七、八分は歩くが飯田橋駅を越えた神楽坂の坂の途中にも二軒在った。勝也たちは九段上に行くのが常だったが、真冬では寮に辿り着く前に体は冷え切り、指先にぶら下げたタオルが逆さに棒立ちするほどだった。

早出のサラリーマンの群れが汚いものでも見るように視線を投げて行く。勝也は浮浪者の間に挟まりながら、なんだか自分まで匂っているような気になった。

「こんなに人集めてどうするんですかね」

勝也は横に並んでいる学生に訊いた。

「伊豆急行の乗車券の買い占めさ。以前は一人で何枚でも買えたんだけど、車両ごと買い占める奴等が現れるようになって、一人二枚までと制限されるようになったんだ」

「へーそうですか。詳しいじゃないですか」

「ダフ屋のアルバイトをやっていたからね。熱海や伊東方面は温泉の団体客が多いから、買い占めれば良い商売になるんだよ。最近はヤクザが仕切ってるからやばいんだ」

「並んでる連中には、ちゃんと金払ってんのかな」

「ダフ屋の言いなりだろう。兎に角頭数揃えりゃ駅側も文句言えないからね」

五時半になって八重洲口の鎧戸が上がると、行列はダフ屋に促されて切符売り場に移動、指示通り順繰りに窓口に顔を見せる。係員は頭数を数え二倍のチケットを現金と引き替えにダフ屋に渡す。全く馬鹿げた話だが、これで合法的と言うわけだ。勝也は離れた一角で待っているダフ屋の別の男から駄賃三百円を受け取った。手短なアルバイトだが浮浪者たちと一緒に並び、出勤するサラリーマンの視線を浴びるのは辛かった。


冬休みも開け、初の講義を受けて帰ろうとしたところで京子に呼び止められた。

「ね、一緒に帰ろう。ピアノ弾いても良いから」

京子の家は通学路線の途中に在ったし、勝也はピアノと言う言葉に釣られて行く気になった。

京子は閑静な住宅地の白い塀に沿ってぐんぐんと歩き、その先にあった洒落た門へ入った。貧民窟に住んでいる勝也としては門を潜ること自体足がすくむ思いだった。

広い庭の奥に三階建ての洋風の建物が在る。玄関を入ると吹き抜けになっていて、天井には大きなシャンデリアが威圧するように吊されている。落ちてきたらハチの巣になるのではないかと恐怖さえ憶えるくらいだった。家には誰も居ないらしい。

「こっちよ」

京子は幾らか声を落として勝也を手招きしながら、玄関脇の階段を三階まで上がり、廊下の突き当たりにある自分の部屋へ案内した。まるで宮殿に迷い込んだ王子様のように、勝也は足音を潜めながら後に続いた。一〇畳位の部屋の真ん中にグランドピアノが置かれている。

「ねぇ、触ってみる？」

勝也は恐る恐る指を乗せ、和音のＣコードを弾いた。

驚いたのは京子だった。

「弾けるじゃない！」

勝也は黙ってＦコード、Ｇコードと続けた。気持ちよかった。

「ピアノ、弾いたことあるんでしょう」

「ない」

「本当に初めて？」

「うん、触るのが初めて」

「嘘でしょう。初めてでそんな音が出せる？」

ギターを弾いていることは内緒にした。

「すごい！　あなた天才よ。もっと弾いてみて」

「無理だよ。本当に弾いたことないんだから。君が何か弾いてよ」

京子はコンサート会場のピアニストのように、一礼をして椅子に座るや『猫ふんじゃった』を弾いた。もちろんそれは冗談で『エリーゼの為に』を流麗な指捌きで弾いて見せた。勝也はうっとりとして聴き入った。鍵盤に踊る白い指を見ているうちに、またむかし聴いた佐伯先生のことを想いだした。佐伯先生の方が遙かに巧いと思ったが、憧れのピアノの音を目の前で聴くのは気持ちよかった。京子は弾き終えると「教えてあげる」と理矢理に勝也を椅子に座らせた。

「まず、指の使い方からね」

京子はそう言って背後から自分の手を重ね、胸を押しつけてくる。彼女の息が耳にかかり、勝也は気が散って憶えるどころではない。

「ね、こっち来て」

京子は勝也の手を取って隣の部屋に誘った。薄いピンク色の壁にショパンやベートーヴェン、シューベルトの肖像写真などが飾られており、歌手や俳優のポスターまでが貼られている。窓には薄いピンクのカーテン、壁際に薄いピンク色のベッド。女の匂いが充満している。立っていられないくらい頭がクラクラしてくる。京子は勝也の手を握ったままベッドに腰掛け、

「ねぇ、いいことしよう」といった。

勝也は彼女の手を振り解いて立ち上がった。家族が現れはしないかと不安の方が先にたった。

「ぼ、ぼく、これからバイトなんだ」

「バイトなんか止めなさいよ。私が払ってあげるわよ」

「とんでもなか」

「なによ、意気地なしね！」

勝也は階段を駆け下り、玄関を飛び出して駅まで走った。

京子の艶めかしい胸元が追いかけてくる。電車に乗ってからも暫くはドキドキしていた。落ち着いてくると何だかもったいないチャンスを逃したような気もする。今なら京子のお尻ぐらいは触れるかも知れないと思った。

いつもなら神保町で電車を降り、古本屋を覗きながら、ぶらぶらと歩いて帰ることが多いのだが、新宿まで行きたくなった。

新宿三丁目で降り、伊勢丹前から新宿東口方面へ歩き歌舞伎町へ出る。休みの日は岸川と二人でよく同じコースを、いい女にでも出逢わないかと徘徊したりもした。歩き疲れていつも通り山手線のガードをくぐり西口へ出る。そして路線沿いに張り付いている横町の飲食街で鯨のステーキにかぶりつく。ちょっと匂いがきついが貧乏学生にとっては最高のステーキだった。

日が暮れて田安門に辿り着くと、普段は開けっぱなしになっている重厚な扉が閉まっている。

「また空手部の奴らだな」

溜まっていた四、五人で「よいしょ!」と押してみるがびくともしない。一〇人くらい集まったところでやっとギーギーと唸って扉は開いた。寮の周辺ではこんな事件は珍しくもなかった。

寮へ着くと今度は廊下に学生が溜まっていた。

「どうしたんですか」

「自殺らしいんだ」

「自殺?」

「さっき北海道の警察から連絡があったらしいよ。二人だってさ」

「二人?」

「心中か……」

「男同士で心中ってことはないだろう」

「いや仲の良い者同士なら同情してってこともあり得るよ。中大の奴と日大の奴らしい」

「芸術学部の奴だってさ」

「え！　本当ですか！」

勝也は胸騒ぎがした。芸術学部の者と言えば、自分以外には藤井しか居ないはずだ。

夜になって藤井であることがはっきりした。

薄暗い廊下に読経の声が漂っている。弔いのために学生が出入りし、勝也も顔を出した。読経をあげているのは大正大の学生だ。首にタオルを掛けた藤井の写真が自分を見詰めている気がした。かつて『シナリオ金曜会』の部室で話したことが昨日のことのように想い出された。

寒いのに勝也はギターを抱いて夜の千鳥ヶ淵の石垣の上に座った。「禁じられた遊び」を弾きながら指が震え、溢れる泪を抑えることが出来なかった。

何故心中に至ったか詳しい事情は分からない。きっと希望と絶望の狭間でもがき苦しみ、気のあった友人と語り合った結果、最善の策として死を選んだのだろう。悠々自適に学生生活を享受出来る者が居る一方で、アルバイトに明け暮れ、学ぶことすら出来ない若者もいる。たとえ家庭が貧しくても本当に学びたい者が学び、社会に貢献できる、そんな世の中はやってこないのか。

藤井のやりきれない無念さが伝わってくるようだった。同じ芸術を志す者として、藤井の死はあまりにも哀しく、勝也の映画に対する想いを大きくゆさぶるものだった。

人生とはなんと皮肉なんだろうか。藤井の死によって空いたベッドのお陰で、勝也は四月の切り替え時を待たずして正式に入寮が許されたのだった。

電車に揺られながら藤井のことが想い出されて涙がにじんだ。

二年生になって待望のシナリオ講座、演出論など勝也が待ち望んでいた講義が始まっていたが、勝也はやっと許された自分専用のベッドに腹這いになりながら、藤井のことを想い出してはシナリオを書き続けた。

勝也が三年生になると『シナリオ金曜会』も木村翔太や青井祐子などが加わり、部員は五〇名あまりに膨れあがった。人数だけは増えたが、本気でシナリオを書いているのは相変わらず四、五人に過ぎず、そんな停滞を破るような一騒動が起きた。

部長の岩崎が研究会で映画を制作しようと言い出し、三年生はこぞってロケハンに出てしまった。その留守の間に、反対していた二年生全員が脱会してしまったのだ。アルバイトのこともあり東京に残っていた勝也は必死に止めたが無駄だった。製作グループは勝也が二年生を扇動したと思うだろうし、かといって脱会組を認めることは出来ない。絶望した勝也は両方ともに決別することに決めた。――所詮シナリオはひとりで書くしかないのだ。

そう思っても仲間を失うのは辛かった。

寂しさを紛らすように、いつもぶらつく新宿三丁目の路地にあるモダンジャズ喫茶に入った。

薄暗い地下への階段を下りると紫煙が立ち込め、すきっ腹を叩くようなベースの音が襲ってくる。

初めの頃は、ジャズ喫茶は何となく不良の溜まり場みたいな印象だったが、一瞬に命を掛けるアドリブ演奏が堪らなく魅力で、まるで麻薬を憶えたように狂気とも言える爆音の中でシナリオを書く習慣がついてしまった。


映画研究室から呼び出された。恐る恐る部屋へ入ると『シナリオ金曜会』の顧問である島田教授が、書類に目を通しながら顔も上げず静かに言った。

「『シナリオ金曜会』を辞めるんだって」

黙って項垂れるしかなかった。多分二年生が洩らしたのだろう。

「一年生はどうなるんだい」

勝也はハッとした。そう言えば事情を知らない一年生は、勝手な先輩たちの紛争の所為で路頭に迷うことになる。

「雑誌を出しなさい。それ位の金は僕が出してあげる。そうしなさい」

顧問の言葉に目が覚めた勝也は脱会を撤回する気になった。

こうして『シナリオ金曜会』は岩崎が率いる製作組と、勝也を中心とする雑誌組の二頭立てのまま活動していくことになったのだった。

雑誌の名前は『ヌーベル』に決めた。一九五〇年代初頭にフランスで起きた新しい映画づくりの潮流『ヌーベルヴァーグ』から採ったものだ。ロケを中心に同時録音で即興的に演出する映画制作の手法で、この年、シャブロルの「いとこ同士」やトリュフォーの「大人は判ってくれない」、ゴダールの「勝手にしやがれ」などが発表され話題となっていた。

そんなこんなの騒動の末『ヌーベル創刊号』は完成した。部員の一人に役所でガリ版切りのアルバイトをしているという強者がいて、ことのほか早く仕上がった。それだけではなかった。シナリオの講師から勝也の書いたシナリオをテキストに使いたいとの申し入れがあり、発行した百部は忽ち売り切れとなったのだった。雑誌の存在が部員の創作意欲をも刺激し『シナリオ金曜会』の存在も芸術学部内に知れ渡ることになった。

後期のシナリオ講座が始まり、自分の書いたものが講師の添削によって、見事な表現へと変わっていく様を見るのは最高の勉強になった。このことだけでも映画学科に入った価値があったと思えた。

一方、製作実習も行われるようになった。僅か二、三分のシーンだが脚本、俳優、監督、撮影、照明、録音が一緒になって一つの作品を撮る。これこそ勝也が芸術学部映画学科で最も学びたかったことだ。

無謀なる挑戦

昭和三十五年、千鳥ヶ淵の桜が満開になり、いよいよ大学生活最後の年になった。勝也と岸川は濠端の石垣の上に並んで座った。

「もう卒論は決めたとね?」

「……映画を撮りたいんだけどね。金がかかるけんね……」

「相当かかると？」

「うん、シナリオにもよるけど、一〇万じゃ無理だろうね。脚本、監督、撮影……、録音、照明、それに演技も対象になるけん、みんなで持ち寄っても一人当たり二、三万位はかかるやろ」

「そんくらいの金ならなんとかなるやろ」

「一万だって捻り出すのは大変だよ」

「やれよ。映画を撮りたくて映画学科に入ったんやろ？　少しなら俺も支援するから」

「君にそんな負担掛ける訳にはいかないよ」

「卒業してから働いて返せば良いよ。やってしまえばなんとかなるもんだ」

岸川にはっぱを掛けられ嬉しかったが、決心するまでには至らなかった。兎に角シナリオだけは書いてみることにした。可能な限り費用を掛けない。そのためにはロケ場所を一か所に限定する。登場人物を極力少なくする。短期間で撮れること、など先に制約をつけてシナリオを書き始めた。厳しい条件下で、どれだけのドラマを組み立てられるか、自分への挑戦でもあった。

もし製作できなくてもシナリオは卒論の対象になる。

勝也が芸術学部に在学した四年間は、昭和三十二年頃から始まった岩戸景気で、いわば日本経済が急成長を続け、世の中が少々浮かれ気味になっていた時代である。そうした中で学生の政治意識も高まり、学生運動が盛んになっていった。苦学生の集まる寮が学生運動の巣窟になるのも自然な成り行きだった。

五月に入ると日米安保条約の改定反対デモへの参加を呼かける声が廊下を飛び交った。どちらかといえばノンポリに近かった勝也は、如何に国家の一大事とはいえ、学生が勉学をかなぐり捨て、ヘルメットに棒や石つぶてを持って暴力沙汰に走る姿には、いまひとつ理解しがたいものを感じていた。非難されても仕方ないが、受講とアルバイトに明け暮れる勝也にとって、脇見をする暇などないというのが実際のところだった。

五月二〇日、日米新安保条約が強行採決されるに及んで、反対運動は国民運動にまで盛り上がり、国会議事堂は連日デモ隊に囲まれ、警官隊との衝突は激しさを増していった。ついには六月一五日、全学連四千人をふくむ反対派が国会突入を計り、警官隊と大激突した。

映画制作に踏み切れないでいた勝也も、女子学生の死亡を知るや、さすがにじっとしていられなくなった。十七日、国会への抗議集会に合流するために決起したデモ隊に加わり寮を出発した。普段から仲が悪かった隣接の警察寮の前で、行きがけの駄賃とばかりに「国家権力の番犬共、警察の犬共は出て行け!」と怒鳴り、竹橋を渡って国会へ向かった。肩を組み団結した民衆の力の大きさに胸が高鳴り心が震えた。機動隊とぶつかりながら、波のように押し寄せては打ち返される。気がつくと揉み合いで頭を切り、鼻血がどろりと落ちていた。誰かの叫び声を合図に、警視庁へ波状攻撃を加え警官隊ともみ合ったあと、日比谷公園に流れて散会となった。頭の傷は大したことはなかったが、寮へ戻ると体がだるく、軽い目眩がしてシナリオを推敲するどころではなかった。

疼く頭に鉢巻きをし、悪戦苦闘するうちに少しずつストーリーが見えてきた。

『闘争に明け暮れた学生四人が、疲れ果ててある湖畔にキャンプに来る。陽が隠れて焚き火を囲んで食事しながら、この湖には不思議な女が住んでいるという話になる。深夜になり四人が眠りについた頃、突然、テントの前をデモ隊が走り抜ける。驚いて目覚めた主人公の黒崎は、煌々と輝く満月の光に誘われるまま、湖上にボートを漕ぎ出し、一人の少女に出逢う。少女に誘われるように後をつけた黒崎は、湖岸に浮かぶ国会議事堂や機動隊と乱闘するデモ隊の幻影に襲われる。二人は深夜の山中をさ迷った挙げく滝の上に出る。次第に狂気じみていく少女。黒崎は恐怖を憶え少女を滝の上から突き落として逃げ帰る。……翌朝テントの中で目覚めた黒崎は、昨夜の出来事が夢か現実かと不安を覚えて、確かめるべく明け切らぬ湖上にボートを漕ぎ出す。滝を捜して林の中をさ迷うが発見できない。

「夢だったのだ」とほっとして胸を撫で下ろした時、芦の陰に浮かんでいる少女の死体を発見して絶叫する。風に揺れる芦の原、月の光にさざめく波紋など、映像美と過去と現在が入り交じったシュールなストーリーだ。

書いている内に、勝也はどうしても自分で映画化したくなってきた。だが金はない。矢張り無謀な冒険はやめてシナリオだけに留めるべきなのか。

そんな時だった。勝也はキャンパスで髪の長い一人の女子学生とすれ違った。まるでシナリオから出現したような、不思議な雰囲気を持つ女子学生だった。勝也は気が付くと彼女の後を追っていた。追いつくと息急きながらシナリオを差し出していた。

「済みません。これ読んでみて下さい。どうしても映画を撮りたいんです。ですから、あの、ぜひ出て貰えませんか。返事は後でいいです。読んでから、読んでからでいいですから」

彼女はシナリオを押しつけられたまま、一言も発する事なく立ちつくした。彼女は演劇コースの一年生で名前は夏海涼子と言った。いつの間にか費用のことも、不可能とさえ思える夜間撮影のことも吹っ飛んでいた。ただ何としても彼女を主役に映画を撮りたかった。問題のひとつは全体を占めるナイトシーンの撮影だ。照明を使ってまでは不可能だ。撮影コースの沢島に声を掛けていろいろ調べて貰ったところ、特殊なフィルターを使えば、日中でもナイトシーンの撮影は可能だと言うことが判ってきた。アメリカの西部劇などで使われている特殊なフィルターを用いた疑似夜景の撮影方法である。ただし太陽が照っていることが条件である。学生映画としては超難題の映画製作だが挑戦すればそれだけの意味はある。照明、録音など面白がって賛同者が直ぐに集まった。撮影機材は学校から貸りられるが、フィルム代やロケ費用、仕上げ費用は自腹だ。ロケ先が湖一ヵ所であり、集中して一気に撮りあげれば制作費もそれほどかからない筈だ。


勝也はキャンパスで涼子を待った。心臓がドキドキした。

「読んでくれましたか」

涼子の視線が一瞬頭の絆創膏に移動した。

「どうなさったんですか？」

「あ、これ……柱にぶつかったんです」

涼子はニコッとした。

「……何度か読んでみました」

「で、どうでしたか？」

「とても幻想的で……わたし、好きです。でも……良く解りません」

「駄目ですか……」

「解らないのは内容の方です」

「ああ、そうでしょうね。僕もまだよく解っていないんです。何度でも書き直すつもりでいます」

「……それより……わたしで良いんでしょうか」

「え！　引き受けてくれるんですね」

「……何時撮られるんですか」

「夏休みに入ったら直ぐにと思っています。一週間くらいみています」

「……本当にわたしで良いんですか？」

興奮気味の勝也に涼子は微笑みながら改めて訊いた。

「もちろんです。あなたを見かけたとき、シナリオの中から現れたんじゃないかと驚いたくらいです」

「……よろしくお願いします」

「よかった。断られたらどうしようかと思っていました。ありがとう」

「あの……まだ細かいこと何も聞いていないんですけど」

「あ、済みません。……ギャラはないんですが……」

「そんなことは良いんです。引き受けるとなるといろいろ準備もありますから」

「そうですね。僕もこれからどうすべきか考えているところです。細かいことについては少し待ってくれませんか」

彼女が引き受けてくれたことで、勝也は舞い上がっていたが、同時に、引き返すことの出来ない船に乗り込んだも同然だった。


夏休みに入ると直ぐにロケに出発した。現場はロケハンの結果、福島県の裏磐梯にある五色沼周辺に決めていた。鬱蒼とした林に囲まれた、それほど大きくない湖で葦の原があること、近くに滝や渓流があること、ボートがあること、更に現場近くにスタッフ全員が合宿できることなど幾つもの条件があった。幸い福島県の小野川湖畔にあるキャンプ場で、十五人用のバンガローを借りることができた。スタッフには翔太や祐子など後輩がボランティアで参加してくれることになっており、総勢十二名に膨れあがった。

十日間の予定だった。

夏は晴天が多いので一気に撮れるものと踏んでいた。それがとんでもない誤算の始まりだった。夏山の天気が目まぐるしく変化することを誰も知らなかったのだ。太陽が顔を出さずワンカットも撮れない日が続いた。あっという間に二週間が過ぎた。

まだシナリオの三分の一も撮れていない。問題は天気だけではなかった。湖上では照明のレフを使えば、帆掛け船のように移動してしまい、カメラポジションさえ定まらない。地上での数倍の撮影時間を要した。

問題はまだあった。ボランティアで参加しているスタッフを長々と拘束している訳にもいかず、予定のあるスタッフ数人が入れ替わった。当然ながら一日延びればその分制作費も掛かってくる。食事は当番制で、三人ずつ交代で当たっていたが、とっくに食料も底をつき仕入れるにも金はない。沢島が対岸の売店から家に電話を掛け、数万円を調達してくれた。

勝也は快晴を祈り一人悶々とする日が多くなった。もともとシナリオを書いたのは自分なのだ。責任を感じ焦りが出ていた。

そんなとき勝也は、祐子に話があると言われて、二人だけでボートに乗り湖上へ出た。

「女性は生理があるでしょう。涼子ちゃんはじっと耐えているんです。こんなに長くなるとは思っていなかったし、私たちそこまで準備していなかったから」

勝也には思いもつかないことだった。まだ滝や渓流に入り、恋人を探し回るシーンなどが残っている。特に早朝の芦の原に死体となって全身浸からなければならない。

二人には、一日数本しかないバスで町まで買い物に行って貰うしかなかった。

天気は相変わらず気まぐれで、撮影を拒み続けた。

夏休みも残り少なくなってやっと、最も重要なラストシーンを撮るところまで漕ぎ着けた。勝也は祐子に涼子のことを訊いた。まだ生理は終わっていないという。だが、涼子はきっぱりと言った。

「わたし大丈夫です。やります」

「本当に大丈夫なんだね」

勝也が重ねて正すと「大丈夫です」と涼子は涙のたまった目を見開いて再び言った。

勝也は心を鬼にして翌日の早朝に撮ることを決めた。シーンに相応しい芦の原は隣の湖畔にある。早朝の移動は大変なので出演者の二人と祐子と勝也四人だけが、前夜から湖畔にテントを持ち込んで泊まることになった。

空が明るくなるのを待って、勝也は湖畔の芦の原に立った。

緊張の余り昨夜は一睡もしていない。湖面を霞が這っている。そっと手を浸けてみる。夏とはいえ湖水は痺れるほど冷たい。陽が射す一瞬で撮りあげなければならない。現実と非現実の狭間に揺れながら、芦の原に辿り着いた主人公が女の死体を発見する重要なシーンなのだ。

涼子は躊躇することなく芦の原の湖水に浸かり死体となった。

昼が見る間に紫色に変わっていく。陸側から青年の目線で死体を撮り、次にスタッフ全員が湖に飛び込んでカメラを構えた。涼子のことを思えば一秒も疎かには出来ない。死体を発見した青年が芦の原に駆け込み女の死体に縋りついて泣き叫ぶ。その顔のアップがネガに反転して映画は終わるのだ。打合せ通りのぶっつけ本番だった。

「ＯＫ！」叫ぶ勝也の声も震えていた。

素晴らしいカットだった。用意していた焚き火の側へ涼子を抱き寄せるようにして運んだ。スタッフも焚き火を囲む。炎に照らされながら、どの顔も震えながら満足の表情で輝いていた。

辛く苦しい長いロケが終わった。一〇日間の予定は五〇日にも及んでいた。

山から寮へ帰ると、岸川が顔を見るなり大声を上げて笑い転げた。それもそのはず、勝也は真っ黒に日焼けし、髭は伸び放題。正に山から出てきた猿同様の顔をしていたからだ。

フィルムを現像している間、勝也は建設現場でセメント袋を運ぶアルバイトに精を出した。

フイルム編集を完了し録音作業に入った。音楽は、映写しながら自ら即興でギターを弾いた。

芸術学部の大講堂が映画の卒業制作審査会場だ。

審査を受ける学生が監督、撮影、録音、照明など担当教授の後ろに並んで座る。約四〇分のドラマ『水影』の上映が終わった。他の作品は殆どが記録映画で、終わるとざわつくのだが、会場は水を打ったように静まりかえったままで、誰もが言葉を失い、狐に抓まれたような顔をしていた。

教授陣も重い沈黙に包まれたままだった。二、三分は経っただろうか、やっと演出担当の上原教授が腰を上げると、興奮した面持ちで審査員席の前をうろつき始めた。

芸術学部長が「わからんなぁ」と呟く。

「いえ、よーく分かります！」

上原教授が強く反論する。悪夢から覚めたように、会場は急に騒がしくなった。

翌日、勝也は教授室に呼ばれた。

勝也が入いると上原教授はすくっと立ち上がって迎えた。

「おめでとう！　素晴らしい作品でした。これまでの卒業制作の中で最高の作品だと思います」

と勝也の手を握りしめる。

「有り難うございます。……よく分からないという声があるんですけど」

「いや分かります。何が分かるかということはそれ程問題じゃありません。あなたは観る人の心に楔を打ち込んだのです。青春は矛盾に満ちています。だからもがき苦しみ追求する意味があるのです。学生の映画というものは何かに向かって突き進む情熱が込められていることが重要です。人の心を掴むことはこれから学んでいけば良い。学生らしい素晴らしい挑戦でした。これからも映画を追求していく心を忘れないで下さい。本当におめでとう」

勝也にとっては、上原教授の評価が何よりも嬉しかった。

その夜、勝也は届ける宛てもない手紙を書いた。

――春奈さん、僕は尊敬する上原教授に褒められました。僕の心の中で彷徨っていた光の奇跡を、主人公の心象に重ね、湖での一夜の出来事として描いたものです。まだ僕は人生の暗闇の中で藻掻いています。でも、ぶつかれば何かが見えてくると言うことが分かりました。卒業してからが本当の挑戦です。春奈さんに理解してもらえる映画を必ず創ります。待っていて下さい。

卒業制作は高い評価を受けて無事に終わった。だが、思いもよらない制作費の増加は勝也にとっては大問題だった。沢島や後輩たちのお陰で乗り切ったものの、卒業を控えて大きな借金を抱え込むことになったのだった。

好景気を背景に昭和二十八年、ＮＨＫテレビが開局してから僅か八年の間にテレビが民衆の心を捉えはじめ、映像業界は時代と共に大きく変転しつつあった。

勝也が卒業する頃は、『映画人口の減少続く』『映画五社　経営悪化！』といった悲観的な記事が躍り、映画産業はどん底にあった。

呼び出されて研究室に入ると、島田教授が待っていた。

「日本テレビが一〇人募集している。君なら学校推薦で、無試験で入社出来るんだがどうかね」

「……映画をやりたいんです」

「知ってる通り映画五社は採用ゼロだ。この際テレビ局に入って、新しい媒体で腕を振るうのも良いかも知れない。電氣紙芝居なんて言っているけど、テレビはこれからの時代に合った媒体だ。考えてみてはどうだ」

自動車、洗濯機、テレビが三種の神器としてもてはやされ、庶民の生活は新しい時代の波に洗われはじめていた。深津はあっさりとテレビ局への就職を決めたが、勝也はどうしても映画を諦めることは出来なかった。回り道をしながらも、ただひたすら映画への夢を抱いて頑張ってきたのだ。

あっと言う間の四年間だった。

桜の蕾が膨らんだ千鳥ヶ淵の公園を、勝也と岸川は話しながら歩いた。

「俺、長崎へ帰ることにするよ。教師になるなら地元の方が良いと思っていたんだけど、幸い西高の先生から話があってね」

「そうかぁ、長崎かぁ……」

「何か決まりそうか」

勝也は頭を振った。

「お前は、映画をやりたくて頑張ってきたんだからな。何でも良いって訳にはいかんだろうけど」

就職の目途も立たず悶々としているうちに、岸川が東京を離れる日がやって来た。勝也にとって岸川は兄貴以上の存在だった。

別れるのは辛かった。東京駅のホームまで寮生たちと一緒に見送りに行った。

発車のベルが鳴った。岸川が勝也を車内に引き込んだ。

「時間がない、ストレートに言う。少しばかりの金が入っている。寮を出るには部屋も借りなきゃならんだろう。就職するまで何とか繋いで頑張れ。俺はお前が夢を叶えると信じている」

「うん……だけどこれは受け取れない」

「長崎へ帰れば、俺は何とでもなる。それより良く覚えといてくれ。これはお前が使うべき金なんだ」

勝也が言葉を失っている内に汽車が動き出した。

「分かったな！　早く降りろ！」

岸川は戸惑っている勝也を押し出した。

「岸川先輩、元気で！」「頑張れよ！」「彼女が出来たら知らせろよ！」など賑やかな寮生たちの中で、勝也はただ黙って遠くなる汽車の後ろ姿を見詰めるだけだった。

汽車が見えなくなって、勝也は胸の奥から湧き上がってくる寂しさを抑えることが出来なかった。狭いベッドで体温を感じながら寝起きした一年間。こんな友が居たことは奇蹟だった。

映画は学んだけれど

映画五社は凋落の一途を辿っていたが、まだ短編映画界は健在だった。いわゆるPR映画や文化映画と言われるジャンルだ。技術革新が進んだとはいえ、巨大で複雑な電子機器の塊であるテレビは、まだ映画ほどの機動力は持っておらず、録画や編集が簡単には出来ないという致命的な弱点を持っていた。従って表現力にも限界があり、ドラマやドキュメンタリーなどは、まだフィルムに頼らざるを得なかった。映画会社ではテレビ映画部門を設けるようになり、テレビ業界にも映画関係者が流れ込むようになっていった。

勝也はせっぱ詰まっていた。

三月末には寮を出なければならない。アパートを借りる金もない。何より就職先が決まり、給料が入らなければ家賃さえ払えない。卒業制作の評判のお陰で何人もの先生が心配してくれたが、ぐずぐずしている内に就職時期を失う結果になってしまった。

いよいよ理想を言っている場合ではなくなり、芸術学部長の長文の紹介状を持って『教育映像社』を訪ねた。社長は学部長と戦友の間柄にあり、中野陸軍学校を主席で卒業した秀才だという。戦後いち早く、アメリカ式の視聴覚教育を目指した日本で最初の会社だった。

勝也が女子事務員の案内で社長室へ入ると、背が高く、やせ形の鋭い目つきの人物が待っていた。

「学部長から話は伺っています。うちの会社に是非入って貰いたい」

結論から切り出した社長の言葉に、勝也は気おくれがして直ぐには返事も出来なかった。

「実は毎年、芸術学部の映画学科には求人依頼をしていたが、誰も来てくれなかった。君が初めてです。うちの会社はこれからの日本を背負って立つ、企業や若者を育てるための映像教材を製作し販売する会社です。君のような優秀な若者が是非必要なんです」

「……私は映画といってもドラマの世界へ進みたいと思っています。ですから……お世話になってもいつか辞める時が来ると思います」

面接の時点で退職を切り出す求職者なんていないだろうが、この会社を急場しのぎの踏み台に利用するのは気が咎めた。反応は意外にも好意的だった。

「それでいい、とりあえずうちの会社に入りなさい。教育映画でもこれからは理屈だけではなく、興味を持って観てくれる新しいタイプの作品が必要なんです。入ってくれれば、直ぐにでも君に撮って貰いたい企画がある」

兎に角収入を確保しないことには全てが始まらない。勝也はお世話になることを決心した。


本社は西銀座に在ったが、制作部は北松戸に在った。

新しく建設されたばかりの建物で、一階が執務室、二階がスタジオになっている。スタッフ総勢十四、五人という陣容だった。

アパートを借りる金もない勝也は、心配してくれた深津の借りているアパートに、一時居候させてもらうことにした。

社会人としての勝也の第一歩は、そこからスタジオへ通う日々から始まった。

初仕事は教材用のシナリオを書くことだった。教材は内容が明確に決められており、学生時代に好き勝手に書いていたものとはまるで違った。正に悪戦苦闘の始まりだった。

そんなある日、会社へ後輩の翔太と祐子が尋ねてきた。

「卒業制作でドラマを撮りたいんですけど、シナリオを書いて頂けないでしょうか」

「え？　卒業生が書いたものでもいいの？」

「良いそうです。書ける者が居ないんで上原先生に相談したら、ぜひ村瀬先輩に書いてもらえって、アドバイスを受けました」

「嬉しい話だけど、僕は勤め人だからなぁ」

「何とかお願いします」

「テーマは決まっているの」

「それが見つからないんです。全てお任せしますから、何か書いて下さい。先輩なら学生映画の製作条件もお判りだし、余り制作費のかからない範囲で……済みません」

勝也は自分が苦労した卒業制作を想い出した。

「自由に書いて良いんなら」

「お願いします！」

書くことなら会社が退けてからでもなんとかなる。だが夏休みでの製作ならもう時間はない。

実は前から温めていた作品があった。

約束通り六月末に完成原稿を渡した。それから三日後、後輩たちが五人会社へやって来た。

「上原先生が、先輩が昨年撮られた作品より、更に良く書けていると絶賛されていました。有り難うございました」

「それは良かった」

「それで、監督も引き受けて貰えないでしょうか」

「え？」

「お願いします！」みんなが声を揃えた。

「それは無理だよ。僕は会社員だよ」

「そこを何とか」

「無茶を言うなよ。撮影は少なくとも一週間はかかる。僕だって入社したばかりだから、そんなに休む訳にはいかないよ」

「僕たちが会社に掛け合ってみます」

「無茶言うなぁ君たちは」

そう言ったものの、本当のところ勝也は自分で演出したいと思っていた。

出演者は高校生三人と影の声二人。舞台は小さな漁村。貧しくて大学へ進学できない高校生とそれを励ます女の子との哀しい物語。日曜日を使ったロケハンの結果、撮影現場は九十九里浜の南端に位置する太東岬に決めた。陸揚げされた漁船の在る小さな村の近くに、砂浜と岩礁などがあり条件が揃っていた。

銀座の社長室へ趣いた。

「お盆に一週間会社を休ませて下さい。四年間一度も長崎に帰っていないので、出来ればお世話になった人へご挨拶しておきたいんです」

社長は口をへの字に曲げていたが、黙って頷いただけだった。恐らく上原教授から話が伝わっていたのではないかと思われた。

真夏の太陽は裸同然で活躍するスタッフの肌を容赦なく焼きつける。撮影は順調に進んだが、祐子やスタッフ数人が酷いヤケドで医者に掛かる羽目になった。ラストの夜明けのシーンでは、海から太陽が昇らず、三日も浜へ通ってやっと予定通りに撮影を終えることができた。

日焼けした顔は隠しようもなく、社長にはありのまま白状せざるを得なかった。書類に目を通していた社長は勝也の言い訳には何も言わなかった。

「君に撮って貰いたい作品がある」

厳しい筈の社長が怒るでもなく、すんなり仕事の話をするのは不気味だった。撮ってくれと言うことは監督を任せると言うことだ。大学出たての新人をいきなり監督に起用するなど、普通ではあり得ない。

社長が自ら書き温めていたという作品は『紙幣の数え方』というものだった。銀行の新入社員にとって「紙幣を正確に、早く勘定」する技術は必修条件である。だが、手先のデリケートな捌きを教えるのは難題とされていた。

講師に替わって、もっと分かりやすく合理的に習得させることは出来ないのか。つまり映画が講師の役割を果たし、行員も実際に擬札を持って映画を観ながら訓練を受ける。これは観るだけだった映画の概念を変える、全く新しいタイプの映画であり、画期的で実験的作品と言ってよいものだった。

画面はほとんど札と数える手先のアップだけ。微妙な指先の動き、力加減をどうやって判りやすく見せることが出来るか。社長にしてみれば勝也の力量を試すテストのつもりだったのかも知れない。いずれにせよ会社にとっても勝也にとっても大博打に違いなかった。

勝也がまず考えたのは、観る側の主観で撮ること、透明な擬札を作り、スローモーションなど映画技術を駆使することだった。実際にはハイスピード撮影となるため、通常より数倍の明るさが必要となる。演技者は、銀行が優秀な女子職員を送り出してくれたが、強力なライトの熱で髪から煙が出るほどの激烈な撮影となった。

無事に撮影が終了し、勝也は編集作業に入った。作品の完成は順調に見えた。が、その裏側では、勝也の起用による幾つかの問題が起きていた。

「全くやってられないよ。大学のぽっと出がどうしていきなり監督なんだ」

監督志望の明智がぼやく。

「そうですよね。先輩は入社してもう一〇年も経つのに、まだ監督をやらせて貰えないですからね」と助監督の井上が言う。

「一〇年は余計だろ！」

「そうです。実力の世界ですから年数は関係ないです」

「お前は、口が多いんだよ」

「一つです」井上がふざける。

「助監督を一〇年二〇年やって、やっと一人前の監督になれる厳しい世界なんだ。そんな甘いもんじゃない」

「そうですよ。いくら社長が気に入ってたって、映画の出来が悪けりゃ黙ってられないでしょう。そしたら先輩の出番ですよ」

「だろうな」

そこへ制作の春子が口を挟む。

「村瀬君ならきっと良い作品を創ると思うわ」

「何だよ、春子は村瀬の肩を持つのか」

「そうだよ。これまで先輩の肩揉んでたくせに」と井上。

「揉んでません！」

「そっか、先輩が春子さんの胸揉んでたんだ」

「やめなよ！そんな嫌らしい言い方。社長は教育に役立つ新しいタイプの映画を創りたいんだよ。映画屋崩れじゃ期待できないと思ってるんじゃないの」

「ほう、俺じゃ駄目だって言いたいわけ」

「そうは言ってません。教育は娯楽じゃないんだから、ちゃんとした人が創るべきなのよ」

「俺はちゃんとしてないのか」

「絡まないでよ」

そこへ勝也が部屋へ入ってきた。

「あ、お疲れさんでした監督！」と明智が嫌みったらしく言う。

「お疲れさまです」

「慣れてないのに夜中まで働かされたんじゃやたまらんでしょう。どうです組合でも作らないですか。前々から残業手当を出してくれって言ってるのに全く無視ですからね」

「もっと手際よくやる方が先じゃないの。この会社、何時も撮り直しばっかりだもん」と春子。

「それはみんなが疲れてるからですよ。ね、先輩」井上が明智の肩を持つ。

「どうです監督。監督は社長に気に入られているんだから代表して言ってくれませんかね」

「自分で言ったらどうですか」

「僕じゃ駄目だから頼んでるんですよ。村瀬監督が適任だろう。な、井上」

「そうです、そうですよ。ね、春子さん」

「思いません！」


第一作の結果は直ぐに出た。銀行協会での試写のあと、監事銀行の人事部長が拍手をしながら言った。

「素晴らしい作品が出来ました。実は、こんなに役立つ映画が出来るとは思ってもいませんでした。指の使い方が実に良く判る。これまでの講習会ではなかなか徹底できなかったのですが、これなら訓練の成果が上がるのは間違いないでしょう。行員研修の合理化にもつながります。本当にご苦労さまでした」

勝也は重責に押し潰されそうになっていたが、その言葉を聞いてほっと胸を撫で下ろした。結果は大成功と言えた。

社長をはじめ社内での評価もよかった。

「君が優秀なのは上原教授や学部長から聞いてはいたが、こんなによい映画が出来るとは思っていなかった。銀行協会の認定フィルムにも決定したし、都の視聴覚教育研究部会から講演の依頼まで舞い込んでいる。君にも出席して貰いたい。本当によくやってくれました」

「有り難うございます」

結果を出せたことで、冷ややかだった社内の空気も次第に変わっていった。

――やったよ春奈さん。これまでドラマだけを夢見ていたけど、映画はドラマだけではないということを教えられました。幸い一作目はうまくいきましたが、本当の勝負はこれからです。映画に関わるからには、もっともっと映像の本質について、映像の表現力について、映像が人に与える力について勉強していくべきだと思います。頑張ります。

給料が安定して入るようになって、勝也は飯田橋駅の直ぐ近くに三畳一間の部屋を借りて引っ越した。深津には随分と迷惑をかけた。荷物といっても布団袋一個で、何もないというのは引っ越しには都合がよかった。初めて自分だけの部屋を持つ喜びは大きかったが、布団を押入れに納めれば部屋は空っぽで、調度品どころか机すらない。近所の果物屋からリンゴ箱を貰って机代わりにした。見かねて家具屋の息子である翔太が机と本箱を持ってきてくれた。

就職して二年目には映画学科から後輩五人が入社し、制作部も充実してきた。落ち着いて仕事が出来るようになると勝也の実験精神に火がつき、スチールカメラの前に回転シャッターを取り付け、千手観音のような軌跡写真を撮ったり、スライド映写機とテープレコーダーのシンクロ方法を考案したりして社長を驚かせた。そんなこんなで、あっという間に三年が過ぎた。

昭和三十五年には、ＴＶ業界もＮＨＫと民放四局共にカラー放送に移行し、好景気の波に乗ってテレビＣＭ全盛の時代が訪れ、その裏では新東宝が倒産したりもした。

冬になり年の瀬が近づいた日曜日、勝也は社長の自宅に呼ばれた。

玄関に立つと、夫人に庭の飛び石づたいに奥の和室へ案内された。業界でも変わり者で通っていた社長は、日本刀の収集家としても有名で、刀が飾られた床の間を背に羽織袴、白足袋で待っていた。時代劇さながらの雰囲気で勝也はその前に座らされた。

和服姿の夫人がお茶を運んで来ると勝也に深く頭を下げて出て行く。

「実は今日わざわざ来て貰ったのは、例の件がそのままになっていたからだが、どうかね。君が引き受けてくれないと、組織が固まらない」

「すでにご返事しました。明智さんでは駄目でしょうか」

「駄目だ。君のお陰で後輩たちが何人も来てくれている。みんなをまとめて行くには君の力が必要なんだ。黙って引き受けてくれないか」

「私は課長になりたくて会社に入ったのではありません」

「それは良く分かっている。組織上なってくれればそれだけで良い」

「なったら課長としての職責を果たさなければなりません」

「そう堅く考えるな。監督の仕事はそのまま続ければよい」

「課長が課長の職責を果たさないでは組織の意味は無いと思います。私は現場の制作に徹していたいんです」

重く深い沈黙が流れた。

「……分かった。その話はまた会社ですることにしよう」

社長は勝也をあまり刺激したくなかったのか、あっさり話題を変えた。

「ところで、組合を作ろうという動きがあるそうだが……」

「……」

「明智が扇動しているというのは本当かね」

社長は単刀直入に訊いた。

「いま、会社は重要な時期なんだ。君たちのお陰で急成長している。不満はあるだろうが、安定するまではみんなにも協力して貰わなければならない。不穏分子の芽は早く摘むべきだと考えている」

「……クビと言うことですか」

「考えねばならないだろう」

「待って下さい。明智さんは病気の奥さんをかかえて頑張っているんです。まだ組合が出来たわけではありませんし」

「出来てからでは遅いんだ」

「いきなりクビでは社員も動揺します」

「話が大きくなってからでは遅い。扇動者さえ居なければだれも動くはずがない」

「だれからお聞きになったのか知りませんが……先頭にたっているのは明智さんではありません」

「じゃ誰だ？」

勝也は一瞬たじろいだが覚悟を決めて言った。

「……僕です」

「なに！」

「……僕が言い出したんです」

「君がだと！」

社長はわなわなと震えて立ち上がると床の間の刀に手を掛けた。

大声に夫人が飛び込んで来て、

「あなた！　お父さん！」とすがりついて止めた。

社長が刀に手を掛けたのには驚いた。勿論、形だけだとは解っていたが、社長の気持ちが分からないではなかった。入社の時から社長には可愛がられ大切にして貰った。だが、勝也は居心地が良くなり、自分の立場が組織の中で固まりつつあるのを感じ始めていた。

「君はやっぱり辞めるのか」

「申し訳ありません」

入社面接で初めて社長と交わしたときの会話が甦ってきた。勝也は深く頭を下げて門へ向かった。

白足袋のまま、庭の飛び石を歩いて門まで送ってきた社長の目には、うっすら涙が浮かんでいるようにさえ見えた。門を潜りながら勝也は頭から滝水でも浴びたような不思議な感情に襲われた。

　夫人が勝也の後を追って来た。

「組合の話、うちの人は貴方でないことは知っているんですのよ」

「……」

「この前、総務の吉田さんが見えました。……あなたが吉田さんに辞表を出されていることも聞いています」

「……」

「辞められるんですか会社」

「……すみません」

「社長は本当にあなたを必要としているんだと思います。思い直すことは出来ないのでしょうか」

「勝手すぎて申し訳ありません」

「どうしても」

「一度出したものを引っ込める訳にはいきません」

　三年間慎重に組み立ててきた積み木を、自分から蹴飛ばしてしまったようなものだった。勝也は社員には何も言わず黙って会社から消えた。生活の当ては何もなかった。だが、組織の中に組み込まれぬくぬくと仕事を続ける気にはなれなかった。

再会と再起と

会社を辞め、直ぐに出来ることと言えば三畳間にひとり籠もり、だれに左右されることもなく、中断していたドラマのシナリオを書くこと位だった。

テレビ局のカフェで制作部長の渋沢と会った。

「深津君と同期だそうですね。読ませて貰いました。なかなか面白いですよ。構成もしっかり出来ている。しかし、率直に言うと使える台本になっていない。原爆がテーマというのも良くないですね。深刻なものは受けないいんですよ。それにテレビにはいろいろと制約がありますから、そこを分かっていないと使えない。ハッキリ言えばテレビと映画は違うということです」

「……」

「テレビは映画のように簡単に切った貼ったと言うわけにはいかないいんですよ。判りやすく言えば、今のテレビはまだ舞台劇と同じだと言うことです。スタジオにセットを、それも出来るだけ少なく組んで、役者が移動できる範囲で物語を組み立てる必要があるんです」

勝也はショックを受けた。

テレビが注目されるようになり、地方局の乱立も始まっていたが、技術的にはまだまだ未完成で、生放送が中心といった状態だった。

渋沢が去って、入れ違いに深津が駆け込んできた。

「いやぁすまん。リハーサルが押しちゃって……どうだった？」

「うん……」

「駄目か……厳しい人だからな。……ま、めげるな。機会はまだ幾らでもある」

勝也は重い口を開いた。

「……悪いけど少しばかり貸してくれないか」

「ああ、いいよ」

深津は予期していたかのように、財布から数枚の紙幣を取り出してそっと渡した。

「足りなきゃ、また言ってくれ」

「……すまん」

「課長になるのがそんなにいやか」

「それだけじゃない」

「お前らしいよ。で、これからどうするんだ。どこかプロダクションにでも入るつもりか」

「ある会社から誘われてはいる……」

「決めたのか」

「いや、入ればまた組織に飲まれることになる」

「じゃどうするんだ。俺なんか組織と電子機器の壁に囲まれて仕事している。……フリーじゃ大変だろう」

「覚悟はしている。……短編映画なら何とか仕事は貰えそうだ。食えるだけでいい」

「ま、頑張ってみろよ。……どうだ、繋ぎのつもりで簡単な番組でもやってみるか。まだ俺はペーペーだから決定は出来ないが頼んでやるよ。テレビだってそう捨てたもんじゃないぞ」

「分かっているよ。今どうしても書きたいものがあるんだ」

「そうか、お前なら書ける。出来たらまたプロデューサーを紹介するよ」

「うん」

「一度スタジオの方に遊びに来いよ。テレビの現場も知らなきゃ本も書けないだろう」

「うん……」

「悪い、次があるんだ。その内ゆっくり飲もう」


深津と別れて局のエレベーターを出たとき、すれ違った若い女性の一人が後を追ってきた。

「?……お兄ちゃん?」

勝也は呼ばれたのが自分だとは気がつかなかった。

「お兄ちゃんでしょう!」

「?……」

それは長崎時代にお世話になっていた下宿屋の娘、舞子だった。

「勝兄ちゃん!」

勝也はまだ半信半疑だった。判るはずもない、舞子は十八歳の美しい女性に変わっていた。

「舞子だよ、忘れたのお兄ちゃん! うち、ずっと待っていたのに、ひどい! どうしてうちに黙って行ってしまったとね！」

　周囲が驚き、マネージャが慌てた。

「一緒にお仕事しようって約束したのに！　嘘つき！　お兄ちゃんの嘘つき！」

　マネージャは更に慌てた。

「舞子、時間だよ急がなきゃ！」

「うち、どんなにお兄ちゃんを探したか、手紙もくれないで、酷いよ、酷いんだから！」

「……ごめん」

「ね、さあ、さ、さ。舞子は今が一番大切な時なんだから」

「お兄ちゃん、約束して、また逢うって」

　懐かしさでいっぱいだったが、勝也は正面向いて答えることは出来なかった。

「分かった、私がよく聞いておくから、舞子は早くスタジオへ入って」

　マネージャーが促し、舞子は押し込まれるようにエレベーターに乗せられた。


　神保町の古本屋街の裏に、学生時代から顔馴染みの質屋がある。質草といっても哲也に貰ったカメラとギター位しかなかったが、何度か役だってくれた。千円のフランス語辞典で二百円借りたこともあった。流したことは一度もなく、自慢じゃないが質屋には信用があった。

　質屋から出て古本屋街の歩道を歩いていて急に目の前が暗くなった。まるで映画のワイプのように黒い幕が下りて来た。電柱に縋るようにしてしゃがみ込むと、背後から女性の声が聞こえた。

「大丈夫ですか？」

「……だいじょうぶです」

やっと答えて勝也はゆっくりと目を開き、明るく戻っていることを確かめて立ち上がった。

何だったんだろうと思った。

立ち眩みをすることはよくあったが、歩いている途中で幕を引くように暗くなるのは初めてだった。勝也はアパートへ辿り着くと、窓も開けず倒れ込んだ。

もうシナリオを書く元気もなかった。


なんて馬鹿なことをやっているんだろう。そのまま会社にいれば、監督として優遇され、次々と作品も撮れただろう。ひとたび外へ出れば、若造が監督だと言ったところで、通用するほど甘い業界ではない。仕事を下さい、とプロダクション巡りする勇気もなかった。いよいよ家賃も払えないところまで来たとき、Ｐプロダクションから声が掛かった。

まだ電車賃くらいは残っていた。

勝也は空腹に堪えながらプロデューサーの高岡を訪ねた。小さな会社で、雑然とした事務所内に人影はまばらだ。スタッフが出払っているのはむしろ忙しい証拠とも言える。勝也は応接室に案内されて、どっしりと落ち着いた学者風の高岡と向かい合った。

「監督を探していたら、たまたまあなたを知っているという人物から名前が出ましてね。若い人を探していたんです」

「……」

「どうです、うちでやってみる気はないですか」

「テーマはなんでしょうか」

「そこなんですよ。あるスポンサーが金は出すから、何か工業高校に役立つ作品を創ってくれないかと言っているんです。こんな有り難い話は滅多にないんだけど、何でも良いと言われると、これがね……。相手が硝子会社なので、今のところ漠然と『光』はどうかと思案しているところなんですよ。どうです、考えてみる気はありますか」

「ヒカリ？　ですか」

「そう、太陽の光の光。光の正体っていったい何なのか……これを科学映画にできないかって。……とりあえず本を書いてみませんか。本の出来次第では監督もあなたに任せてもよいと考えているんですが」

中学生の頃、節穴から漏れる光を眺めたり、幻灯機を作ったりしていたことを思い出した。難解なテーマだが興味はある。

勝也は考えてみたいと言って会社を辞した。どうやって画にできるのか、皆目見当がつかない。だが飯も食えない今は、目の前に現れたテーマにぶつかってみるしかなかった。

翌日から図書館に通い調べまくった。物理学の定説に沿えば『光は波である』ということだ。波は直進し、屈折し、回折する。もしこの現象を自然現象や実験装置を用いて映像化できれば、少なくとも光の正体の一部を証明することにつながるかも知れない。

勝也は手探りしながらシナリオを書き始めた。

必死だった。書いては破り、書いては破りの苦しい二週間が過ぎた。やっと会社に届けると、何度も読み返していた高岡は、ほっとした表情で勝也を見据えていった。

「良いじゃないですか。良いですよなかなか。……だけど……問題はこれが本当に映像化できるかどうかです。……問題は監督です。……どうです……これを理解しているのはあなたくらいしかいない。挑戦してみますか」

はい、と答えるには勇気がいった。だが、生きるか死ぬかの覚悟で、勝也は監督を引き受けることにした。

覚悟はしていたが撮影は試行錯誤の連続となった。池で波を起こし干渉波を撮ったり、スタジオで超短波やレーザー光を用いて分光や屈折の実験などを繰り返す。悪戦苦闘の末、どうにか撮影を終え、編集に入った。改めて構成を考えながら、フィルムを切ったり繋いだりの非常に神経を使う作業だ。編集室に籠もって、もう五日になる。勝也は時折両手で目頭を押さえて踞る。助手としてついていた大学後輩の島田愛子がフィルムを整理しながら言う。

「少し休んだらどうですか」

「うん、もう少し」

「もう少し、もう少しってそんなに根を詰めていたら病気になりますよ」

勝也は愛子の声を無視して編集を続けた。一週間目にしてやっと編集が終わり、録音、プリント作業と続いて映画『光・その性質』は完成した。

良い作品が出来て当たり前、失敗すれば一発で命取りとなる。フリーの立場とはそんなものだ。また、どんなに良い作品が出来たとしても完成すればもとの失業者に戻る。

完成からひと月が経った。仕事もなく勝也はアパートに寝転がったまま、カーテンの隙間から漏れる光をぼんやりと眺めていた。

「村瀬さん！　村瀬さん居るの！」

表で家主の奥さんの声がした。家賃の催促かと緊張した。

「居るの？　居ないの！」

「……居ません」

気力もなく惚けた返事をしてドアを開けた。

プロデューサーの高岡からの電話だった。

〈あ、村瀬君大変だ！　直ぐ会社に来てくれ〉

完成した映画に何かクレームでもついたのか！　勝也は緊張した。

〈とくせんだよ、とくせん！〉高岡の声が妙に弾んでいる。

「とくせん？　とくせんってなんですか？」

〈何ですかじゃないよ。兎に角直ぐ会社へ来てくれ〉

「……済みません、ちょっと……」

〈ちょっと？　忙しいのか？〉

「いいえ、その……伺います」

意味も解らないまま、勝也は急いで電車に乗った。


文部省特選から火がついて、Ｐプロダクションの短編映画の仕事が続いた。スタッフ連れで勝也がロケから帰ってくると高岡が待っていた。

「あ、村瀬君！　どうだ撮影の方は予定通りにいきそうか」

「なんとか」

「そうか。実は審美堂からＣＭの話が来ている」

「そうですか、決まったんですか良かったですね」

「君にやって貰いたいんだ」

「僕は駄目です。ＣＭやったことが無いですから」

「そこが良いらしんだ。この前の作品、広報部で相当気に入ったらしくてね。逃げられないよ、ご指名だから」

「ＣＭは無理です」

「やったら」

と背後から声が掛かり勝也が振り向くと京子が立っていた。

「チカンちゃんお久しぶり」

「聞いたよ。学生時代に女のチカンに遭ったんだって」

高岡が愉快そうに笑う。

「口止めされていたんだ。実は彼女とは親戚なんだよ。君を推薦したのも彼女なんだ」

その言葉は勝也にはショックだった。やはり自分は学生時代から京子の掌に乗せられたままなのだと思ったからだ。

「ご活躍ね。憎らしいわ」

京子の言葉はぐさりと胸を突くものだったが、決して不快なものではなかった。

そういえば痴漢騒動から八年は経っている。

「まだピアノ弾いてるの？」

「弾いているわよ。時々従弟のクラブを手伝っているの、今度飲みに来て」

「おい、まだ仕事中だぞ」

結局、ＣＭは引き受けることにした。今はどんな作品も修業と腹を決めた。


舞子のマネージャから会いたいとの連絡があった。これまでにも何度か電話はあったが、忙しいとの理由で先延ばしにしていた。仕事もなく食うに困っている状態で会えるはずもなかった。

新宿のホテルのラウンジで舞子は待っていた。

「お兄ちゃん！　逢いたかった」

長崎時代と少しも変わらない明るい舞子がそこにいた。

「良かった。お兄ちゃん、もう、うちのことなんか忘れてるんじゃないかって悲しかった」

「……そんなことないよ。いろいろとあってね……」

これまでなんとなく避けていた手前、勝也は言葉を濁した。

「何度も済みませんでしたね。舞子がうるさかったものですから」

マネージャが申し訳なさそうに言う。

「いえ、ぼくこそ良い返事が出来なくて……このまえは本当にびっくりしました。舞ちゃんが東京にいるなんて夢にも思えなかったんで」

「一緒にお仕事しようって約束していたじゃなかね。お兄ちゃんが東京へ行ってから、ずーっと探していたんだから……」

「……悪かった」

「でももうよかよ、こうして逢えたとだから。うちは、また何時か必ずお兄ちゃんに会えると思って、歌の先生についたり、お母さんに買って貰ったギターを練習したりしよったとよ」

「ちょっと、その長崎弁……」

マネージャは舞子に注意し、勝也を見て苦笑いをする。

「仕事上困るので注意しているんですが、なかなか脱けないんですよ」

舞子が首をすくめ、勝也は笑った。

「実は長崎や福岡で行われる『のど自慢』に片っ端から出ていたらしんです」

「そうそう、中学生になった頃だった」

乗り出す舞子の言葉をマネージャが引き継いだ。

「それがすごく上手かったらしくて、今の滝川先生の目にとまり東京へ、と言う訳なんです」

「そうでしたか。舞ちゃん、小さいときから良く歌っていましたからね」

「最近は自分でも曲を書いたりしていて、いわゆるシンガーソングライターですね」

「それは凄い」

「まだまだよ」

「それでこの前はオーディションがあったもんですから」

「TV局へ行けばきっとお兄ちゃんに逢えると信じていたわ」

勝也は、舞子とのわだかまりが溶け、ほっと胸をなで下ろした。


短編映画の世界で勝也が監督として認められていく過程で、テレビの人気は急上昇し、映画人口は激減していった。昭和四十二年には大映が五四億円の負債に喘ぎ、昭和四十四年には、『映画人口最盛期の三分の一に！』と、どん底を記録。『松竹 自己退職者募集！』『日活十八億赤字決算！』などの記事が連なった。だが、劇場映画が不況に陥る一方で、短編映画界はまだまだ健在で『短編教育映画奨励制度』が発足したりした。

人生とは不思議なもので、意に反して迷い込んだ道が、勝也の監督としての成長に幸いしたとも言える。昭和四十五年には映像博とも言われた『大阪万国博』が華々しく開催され、勝也は映像の持つ力に大きな刺激を受けた。

勝也は化粧品のＣＭや音楽番組、マルチ映像の企画演出まで手掛けるようになった。ドラマの世界とは遠くなるばかりだったが、勝也がもっとも充実した日々を送っていた時期だったかも知れない。

舞子との約束を果たせる時がやって来た。

審美堂のＣＭモデルに推薦した舞子が選ばれ、勝也が演出することが決まったのだった。撮影は山中湖畔の有名ホテルの庭園を使い順調に進んだ。

休憩時間になって照明スタッフの一人が話しかけてきた。

「またご一緒できるなんて思ってもいなかったですよ。大変なご活躍で」

『教育映像社』で一緒だった明智だった。

「お久しぶりです。会社の方はどうですか」

「あ、聞いてなかったですか。監督が辞められた後、僕はすぐクビになっちゃったんですよ」

「え、で今は？」

「ごらんの通りで、仕方なく照明を手伝っています。女房には死なれるし、まるで浮浪者同然で苦労しました。結局照明の仕事で食い繋いでいるって訳です」

「そうでしたか」

「僕なんかと違って、村瀬さんはあの会社を辞められて良かったんですよ。こんなに成功されているんですからね」

「……」

「何か温めている企画なんてないですかね、あれば僕が売り込みますよ。何しろテレビは安いから照明なんかやってたんじゃ食っていけないんですよ」

「……企画ですか……」

少し前、深津に頼まれて初めて音楽番組を撮った時、勝也は調整室の何台ものモニターに乱舞する舞子の姿を眺めながら、あるアイデアが浮かんでいた。

「面白いアイデアがあるにはあるんですけどね」

明智は目の色を変えて食いついてきた。

「なんですかそれ！」

「映画制作とは関係ないんで」

「いいですよ。金になるんなら何でもやります。もう仕事を選んでる場合じゃないんです」

この再会が勝也の運命を想わぬ方向へ転がして行くことになる。

明智が企画案を北芝商事の映像事業部に持ち込んだことから、話がとんとん拍子に進み、仮組テストをやることになった。テレビの映像を万華鏡のように無限に映し出すというもので、簡単に言えば、鏡と鏡の間に立つと自分の姿が左右に無限に展開する現象をＴＶ画面に置き換え、ハーフミラーを使って外から見られるようにしたものだ。テストの結果、勝也の計算通り映像が万華鏡のように広がった。幻灯づくりや鏡を使って遊んでいたことが、思わぬところで実を結んだ結果だった。

半信半疑だった関係者全員が驚き、その場で新しい映像展示装置として北芝商事から発表することが決まった。直ぐさまデパートや駅のコンコースに設置されて黒山の人だかりが出来た。

『これは何というテレビ？』

『北芝商事、新しい映像展示装置を発表！』

『映像の万華鏡』

写真入りの記事が新聞、雑誌の紙面を飾った。

仕事が本格的に動き出すと、取引上会社を設立する必要が起きた。明智が社長をやると張り切っていたが、いざ設立となったら、設立資金どころか会社についての何の知識も持っておらず、結局、勝也が資金の準備から設立の手続まで全てを、せざるを得なくなってしまった。

渋谷に小さな事務所を借り、『映像ディスプレイ社』の名称でスタートした。ビデオ技術が発達すれば、テレビ放送だけでなく映像を展示する時代が必ず来ると信じてのことだった。

もともと会社経営など興味がなかった勝也は、実質的な運営を専務の明智に任せ、自分は本来の脚本演出の仕事を続けるつもりだった。

『北芝ビデオ万華鏡』の反響は大きかった。だが肝心の映像ソースがなかった。

ビデオは放送番組がやっと編集出来るようになってはいたが、民生機器では二分の一インチ幅のテープを使ったオープンリールタイプのＶＴＲが発表されたばかりだった。兎に角、万華鏡的効果を発揮させるには専用の映像ソフトが必要だ。そこで勝也はテレビ局とタイアップして音楽をベースにした映像ソフト『ファンシーミュージック』を発表した。いわば観る音楽とでも言うべきものでミュージックビデオの先鞭となる実験的な作品といってよかった。視察に来た関係者から感嘆の声が上がった。

「確かに動いている画の方が面白い。さすがですよ村瀬さん！」

「想像以上の大成功ですね。これなら全国のデパートや駅のコンコースなどにも展開できますよ。システムの方は明智さんに任せて、村瀬さんはもっと映像の開発に専念されたらどうですか」

明智がしたり顔で言った。

「是非そうして下さい。『ビデオ万華鏡』の製作は僕が責任持ちますから」

明智は社長然として会社を動かし、また勝也は想いとは違ったところで時の人となっていった。


『クラブ・コスモス』で勝也は久し振りに深津と逢った。

京子がピアノを弾いている。

「なかなか忙しそうじゃないか」

「なんだか思わぬ方向へ流されている気がする」

「贅沢言うな。食えなくて困っている奴だっていっぱい居るんだ。会社の方は人任せで大丈夫なのか」

「……うさんくさい人間が蟻のごとく集まってくる」

「美味しい仕事はそんなもんさ。テレビだって電氣紙芝居なんて敬遠してた連中が、人気が出てくると、今や猫も杓子も頭下げて来るくらいだからな」

「軌道に乗ったら会社は全て専務の明智に任せ、俺は元へ戻りたいと思っている」

「お前は会社を嫌って飛び出した位だからな」

演奏が終わって京子がテーブルへ来た。

「あら社長さん、何のお話」

「俺には冷たいくせに、村瀬が来ると直ぐに猫みたいにすり寄ってくる」

「猫は相手を見るのよ、ねぇ、社長さん」

「お前はね、道楽でピアノ弾いてればいいんだよ」

「私だって大変なの。この年になったら誰も相手にしてくれないし、誰か居ないかしらいい人、ねぇ村瀬さん」

「村瀬は出戻りなんか相手にしないんだよ。話があるんだからお前はあっち行ってピアノでも弾いていろ」

京子はフンッと言った顔で席を外した。

「実はなぁ……忙しいのは分かっているんだが……、今度新しくドキュメンタリーの音楽番組が始まるんだが、それがビデオによる海外取材でね……」

「ビデオ？」

「そうだ。ビデオでのロケなんて初めてなんで、これはもうお前しかいないと思ったんだ。どうだ考えてみないか」

「うーん……、フイルムだろうがビデオだろうが仕事内容は同じだけど、ビデオで大丈夫なのか?」

「ある種の冒険だが……、ビデオだと現場でそく結果が判るし、フイルムのように現像してみなけりゃ判らん、やれラッシュだプリントだといった面倒くささもない。コスト面から見ても安い」

「その分苦労するのはスタッフという訳か」

「まぁな。……挑戦してみないか」

技術革新はめざましく、オープンリールからソニーのビデオカセットUマチックの登場によって報道現場にも使われ始めていた。確かに編集も出来るようにはなってきたが、カメラとVTRはまだ別々で、大きく重くそう簡単に持ち歩けるようなしろものではなかった。更に海外取材ともなれば航空運賃、税関の手続き、スタッフの交通費、宿泊費と費用面でも決して容易とは言いがたかった。なにしろレートは一ドル三六〇円、スタッフの貯蓄証明さえ必要だった。そんな状況の中でテレビの海外取材が可能になったのは奥の手があったからだ。

製作会社は航空会社や海外ホテルとのタイアップに力を尽くした。航空会社にしてみれば空席を提供することで特別の負担なく広告が出来る。ホテルも同様だ。番組制作会社はこの二つの費用を軽減出来れば海外でも国内と同様の制作が可能というわけだ。いや、レート次第では国内より安くなる場合だってあった。

「初めてなので大変だとは思うが、技術にも強いお前なら出来ると思うんだ。それに音楽ものだからきっと新しい感覚の番組が作れるんじゃないか」と深津は言う。

テーマはブロードウェーミュージカルを目指すダンサーたちの日常と、ミュージカル映画の不朽の名作『ウエストサイド物語』の背景を探ること。日本はまだミュージカルの黎明期で、やっと東宝がミュージカル映画に力を入れ始めたばかりだった。

新しいものには興味を持つ勝也は、深津に誘われるままニューヨーク行きを承諾した。実は煩わしい会社運営の事務処理から逃れたい気持ちもあった。

勝也は人気急上昇中だった歌手で踊りも出来た舞子とカメラマン、ビデオエンジニア、録音、制作プロデューサーなど七人で一〇〇キロ近い機材と共にニューヨークへ飛んだ。


ブロードウエイはまるでおもちゃ箱をひっくり返したような街だった。

色とりどりのネオン看板、道路には黄色いタクシーが走り回り、歩道には種々雑多な人種が行き交う。街そのものが華やかなミュージカルの舞台のようだった。しかし、勝也の浮かれる気持ちは一瞬にして吹き飛んだ。頼みにしていたコーディネーターは、ロケが行われた場所は再開発によって跡形も無く、しかも映画制作に携わった当時のスタッフの一人も捉まっていないと言う。イメージだけならハーレムなら撮れるかもと言うが、ハーレムと言えば黒人たちのスラム街で、犯罪と麻薬、売春の巣窟と言われており、白人は決して近づかないニューヨークの危険地帯なのだ。

勝也は絶体絶命に陥った。何も撮らないで帰ることは許されない。

「行きましょうよ」深く事情も知らない舞子が言った。

「安全の保証は出来ません！」

コーディネーターは即答した。だが舞子の一言で勝也はハーレム行きを決行することにした。

隠し撮りするような姑息な態度はとりたくなかった。

「私は降りません！」とロケバスを出ようとしないコーディネーターを残して、勝也たちは街中へ繰り出した。

ハーレムには音楽とダンスが街中に溢れていた。舞子は明るく黒人たちと歌い踊り、カメラは堂々と回り続けた。

地獄への落とし穴

取材を終えて東京へ帰ると、社員になっていた愛子が待っていた。久しぶりに二人だけで高層ビルのレストランで向き合った。

窓の外にはニューヨークに負けじと大東京の夜景が広がっている。

「私も連れて行って欲しかったです」

「楽な仕事じゃなかったよ。十二日間で二本撮りだからね。スタッフは最小限だし、いろいろと問題だらけだった。紙の上での構成なんて現実の前では如何に陳腐なものかということをいやと言うほど知らされたよ。ま、大変だったけどいい勉強になった。……ところで会社の方は旨くいってる？」

「そのことですけど……明智さんに会社を任しといて大丈夫ですか。毎朝タクシーで通勤して来るしタクシー代だって会社の費用ですよ。それに毎日のように変な人が出入りしているんです」

「変な人って？」

「こんな人」

愛子は小指を折り、頬を切る真似をした。

「彼女？」

「違いますよ！　小指が半分しか無いんです。妙に優しいんだけど……ヤクザじゃないかと思うんです」

経理や施工スタッフの人選など全てを明智に任せていたが、類は類を呼ぶと言うのか明智が連れてくる人物には共通して胡散臭いところがあった。

愛子と別れてマンションに帰宅すると、２Ｆに借りている会社の窓明かりがついている。こんな時間まで？　不振に思った勝也がそっと入ると、金庫を開けていた明智が驚いて振り返った。

「あ、社長……」

「まだ仕事しているんですか」

「……川村工芸への支払いが迫っているのでちょっと整理しておこうと思いまして……」

「あす帳簿を見せてくれませんか」

「え！　帳簿ですか。月末なので……暫く待ってくれませんか」

「いや、未整理でも良いから明日必ず見せて下さい」

明智は狼狽した。

翌日、明智は出社してこなかった。小型金庫の中は空っぽで、帳簿を始め小切手帳や手形帳もない。それが一つのサインだった。明智はそれっきり姿を消した。途端に会社にはいかがわしい電話が、ひっきりなしに掛かってくるようになった。

愛子が電話を受ける。

「銀行からです。一二〇万の手形が落ちないそうです」

何がどうなっているのか、いきなり暗闇に放り出されたようなものだった。実情が分からないので手の打ちようもない。勝也は心が凍り付く思いだった。兎に角、明智を捕まえることだ。

深夜にもかかわらず、勝也ひとり明智の自宅を捜して戸を叩いた。眠そうに出てきた女房らしき若い女は、

「うちの人は昨日から帰っていません。何があったか知りませんが、こんな深夜に来たりしないで下さい！」

と不機嫌に言って引っ込んでしまった。多分明智は家の奥に潜んでいたに違いないが、それ以上追求することは出来なかった。

明智の行方は依然として不明のままだ。銀行には手形と小切手が次々と回って来るようになった。手の施しようがなく二度の不渡りを出すに及んで会社はあっけなく倒産した。

自分が会社誕生の切っ掛けを作ったからには、人任せにせず、命をかけて守りぬく覚悟が必要だった。会社も人間の誕生と同じように、名前もあれば戸籍もあり、深く社会と関わっているということを解っていなかった。

六人いた社員は去り、ひとり愛子だけが残った。

取り立ての電話は鳴り続けた。

「手形が落ちなきゃ俺んところが倒産するんだ、責任とってくれるんだろうな！」

「……」

「おい、聞いてんのか！　お前んところが駄目なら直接北芝商事にねじ込んでもいいんだぞ！」

「近々に必ず何とかします」

「本当だろうな！　間違いねぇな！　明日また電話する！」

勝也は深く頭を下げ受話器を置いた。

電灯もつけず部屋の真ん中に座り込んでいると、玄関のチャイムが鳴った。

ドアを開けると黒眼鏡を掛けた細身の男が入って来た。外には二人の男が立っている。

「村瀬さんだよね」

「……はい？……」

「ちょっと上がらせて貰って良いかね」

「どなたですか」

「竹山商事の者だ」

「竹山？」

「聞いていないのか。明智というのはお前ん所の専務だろう」

「……」

テーブルの上に小切手二枚をぽんと出す。金額は一〇〇万円と二〇〇万円。勝也の個人名と印鑑が押してある。勝也はまじまじと見つめた。

「切った覚えはないですが……」

竹山はテーブルを叩いた。

「ない！　よく見てみろ！　この印鑑はお前のじゃないのか」

「……？」

「違うのか！」

確かに勝也個人の印に違いない。そう言えば北芝との契約書には個人の印鑑が必要だというので、ほんの一分くらい明智に渡したことがあった。

「嘘だというのか」

「……印鑑は……認めます。しかし、確かめる必要があります」

「確かめるも何もないだろう。これが本物の小切手と分かりゃそれで十分だろ！」

「……兎に角、少し待って頂けませんか」

「お前の印だと認めるんだな！」

「……はい」

「よし分かった。三日だけ待とう。よいか三日だ！　逃げたりしたらただじゃおかないぞ！」

「はい」

竹山は外で待っていた舎弟たちを伴って帰って行った。

勝也は戦慄を憶えて座り込んだ。


会社のめぼしい備品は差し押さえられ、残ったのは二千数百万円の借金だけだった。

家主に追い立てられるようにして、杉並の古いアパートに引っ越した。僅かの家財道具を片づけ終わった頃、ドアを叩く音がした。

「竹山だ！　居るんだろう！」

勝也は心臓が止まった。返事を待たずドアを開け、ずかずかと竹山が入ってくる。

「黙って移転するとはどういう事だ！　逃げようったってそうはいかないぞ！」

「そんなつもりはありません」

「つもりは無くったって、黙って移転したろう！」

「急いでマンションを立ち退かなきゃならなかったんです。片づいたら直ぐご連絡しようと思っていました」

「逃げられると思ったら大間違いだぞ！　いいか、今度こういう事があったらただじゃ済まねえからな！」

凄味を利かして脅したあと、竹山は舎弟二人を連れて帰って行った。

彼らの情報キャッチの早さには驚くばかりだった。

電気も点けず、部屋の真ん中に座ったまま虚ろになった目を閉じた。

底なし沼に引きずり込まれていくようだった。

――春奈さん、どうしたらいい。映画監督になりたくて東京へ出てきた筈なのに、仕事を甘く見たせいで今ぼくは奈落の底に落ちようとしています。これも自分のことしか考えない僕への戒めなのかも知れません。……春奈さん、逢いたい。逢って貴方の体温を感じたい。そして、貴方の奏でるマンドリンの音を聴きながら眠りにつきたい。暗黒に輝く光のように、貴方の音はきっとまた僕を奮い立たせ新しい道へ導いてくれるでしょう。春奈さん、貴方を捨てた僕を許して下さい。

不安に苛まれ、春奈に縋りたいほどの自分の心の弱さが情けなかった。

残光

酒に酔った訳でもないのに、なぜ窓際の床で眠りこんでしまったのか憶えていない。

薄く目を開けると木漏れ日のような眩しい光が揺れている。勝也はゆっくり体を起こし、不思議そうに眼をこすり、光に向かって手をかざしてみた。ぼやけてピントが合わない。周囲は明るいのに視界の真ん中を丸い茶色の陰が塞いでいる。目に何かついているのか、更に擦ってみたがとれない。勝也はやっと自分の目に異変が起きていることを悟った。

近くの眼科医を探して飛び込んだ。

医者は眼を覗き込んでいたが、瞳孔を開く点眼薬を助手に指示した。しばらくして診察室に呼ばれると、医者は検眼鏡で勝也の目を覗いた後ゆっくり向き直って言った。

「……中心性網膜炎ですね」

「え？……」

「眼底の視力の中心部が腫れています」

医者は固い表情で言い直した。

「視力の中心に当たる黄斑部に水分が溜まる病気です。この病気は比較的若い人に多いんですが、主な原因としては過労やストレスが考えられています」

「……治るんですよね」

「安静にしていれば二、三ヵ月もすれば自然に治ります。しばらく様子を見ましょう」

「治療はしないんですか？」

「特に薬はありません。酒やたばこは止めること、ストレスになることは避けてください。……普通は片方に現れるものなんですけどね。両方というのは究めて珍しいです。聞いたことがありません」

　そんなに珍しいことが自分の上に起きたのか。

　眼科医院から外へ出ると、通りの騒音が押し寄せてくる。宣告を受けた囚人のように、勝也は見えない目を虚空に向けた。これからどうやって生きて行けばよいのか。

　心の目までが閉ざされたようだった。


　ホテルのコーヒーラウンジで舞子と逢う約束になっていた。勝也が舞子の前を通り過ぎる。

「……お兄ちゃん、ここ！」

「やあ」

　勝也は戸惑いながら舞子の前に座った。

「やーね、私そんなに変わった？」

「……」

「お兄ちゃん鈍いんだから、がっかりしちゃう。見違えるくらい変わったでしょう。ほらね」

と襟首を示す。長い髪をバッサリ切ってショートヘアになっている。

「あ、そうか、短くしたんだ」

「イメージチェンジよ。似合うでしょう？」

「う、うん、似合ってる」

「本当？　お兄ちゃんに似合うって言って貰いたかったんだ。今度ね、新しく始まるＴＶドラマに出演するの。主題歌も歌うのよ」

「そうなんだ。良かったね」

「お兄ちゃん、これ見て」

舞子は女性雑誌を取り出して広げた。勝也は内容まではよく見えない。

「なんて書いてある？」

「？……お兄ちゃん、ふざけてる？」

「……そうじゃないんだが……」

「いやーだ、今日のお兄ちゃん変だよ」

「……見たいものが見えないんだ」

「え？」

「舞ちゃんの顔だけが見えない」

「からかうのは止めてよ。うち、さっきお兄ちゃんがお店に入って来るのを見てたのよ」

「嘘じゃない。いま病院へ行ってきたんだ。中心性網膜炎らしい」

「それってなに？　ふざけてるんじゃないの」

「ふざけてなんかいない。周囲は普通に明るいけど、真ん中が塞がっていて見たいものが見えないんだ」

「うそ！　こんなに綺麗な目をしているのに、ね、嘘でしょう」

「本当なんだ」

「治るんでしょう!」

「……しばらく安静にしていろって。つける薬もないらしい」

「え! 治療しないの。そんなのないよ、嫌だよ!」

舞子の目からどっと涙が溢れた。

「今日は舞ちゃんの話を聞くために来たんだ。先に話して」

「うちのことはどうだっていい。それよりお兄ちゃん、これからどうするの。お仕事だって出来ないじゃない」

「……失明すると決まった訳じゃない」

「じゃ、治るまで私がお兄ちゃんの側にいる」

「馬鹿なことは言わない。舞ちゃんは大事な仕事がある」

「だってお兄ちゃん……」

「大丈夫だって、周囲は見えているから日常の生活はなんとかなる。それに耳は良く聞こえるんだから、何時だって舞ちゃんの歌は聴けるよ。僕のためにも歌って」

「お兄ちゃん」舞子は泣いた。

『クラブ・コスモス』で京子がピアノを弾いている。片隅で深津と向かい合っていた勝也は水のグラスを取ろうとして倒した。

「おい、お前さっきから可笑しいぞ。酒も飲まないし、……ちゃんとメシ食ってるのか」

「最近、暗いところは苦手なんだ」

「おいおい、もう老化の始まりか。会社の一件は聞いてるが、本当の仕事はこれからだろう。まず結婚しろ！　いつまでも一人という訳にはいかんだろう。女も良いもんだよ。子供だって可愛い」

「……俺だって人並みに結婚をし、子供だって欲しいとは思っているよ」

「なら結婚したらどうだ」

「今の俺には妻を幸せにする自信もないし、子供を育てる自信もない」

「なんだ急に弱気になったりして、だれだって自信があって結婚するわけじゃないぞ。相手が出来て初めて責任を感じるようになるのさ」

「たった一人生き残った俺が、血筋を絶やしてしまうのは申し訳ない気はするけどね」

勝也は自嘲的に笑った。

「お前本当に馬鹿だな。そこまで考えているんなら何で女を愛さない。お前を好きだと思っている女も居るだろう。早い話が舞子はお前を愛している」

「……話があると言うのはその事か」

「いやそうじゃない。実は開局記念番組として大型のドラマをやろうという話が持ち上がっている。どうだ、良い機会だからシナリオを出してみないか」

勝也は眼病のことは話さず、考えてみるといって別れた。

借金の取り立ては相変わらず激しく、電話の音が勝也を脅かした。

医者はストレスは最もよくないと言ったというのに、次から次へと押し寄せてくる。

竹山商事の取り立ては特に厳しかった。支払いができないと分かると付け馬の如く勝也を月賦屋に連れてい行き、一般家庭では凡そ手も出ないような高級テレビを買わされる。彼らにしてみれば毎月一定額を確実に支払わせる一つの手でもあるのだ。

勝也は北芝商事から入った僅かばかりの金を持って、ヤクザの事務所に出向くことにした。

「止めて下さい！　何をされるか分からないですよ！」

愛子は必死に止めたが、もう追いかけ廻されるのは嫌だった。

月賦で買わされたテレビの送り先から住所は分かっていた。

驚くべきことに、竹山組の事務所は渋谷警察署の直ぐ近くにあった。脇の坂を登って行くと木々が鬱蒼と茂った神社があり、その直ぐ近くのマンションの六階だった。

ベルを押すと若い男が顔を出し、名前を告げると中へ通された。前もって電話を入れていたので会うのは簡単だった。

衝立の裏でチンチロリンの音と一緒に声がした。

「おう来たか。ま、そこへ座ってちょっと待っておれ」

意外と明るい声だった。入った時ちらりと見えたのだが、三人の男が片手に百万余の札束を持ってダイスを投げている。湯飲みに投げ込まれたサイコロが軽やかな音を立てる。勝負は早く一人が負けたらしく終了した。

「ちきしょう。今度は倍にして返して貰いますよ兄貴」

と舎弟の一人が悔しがる。

「おう、幾らでも相手してやるから、もっと稼いでこい」

竹山が二〇〇万位の札束を持ったまま顔を出した。

「出来たのか」

「ほんの僅かですが……持ってきました」

「そうか」

「申し訳ないですが五万だけです」

「五万？　お前桁を間違えてやしないか。俺たちゃママゴトやってんじゃないぞ」

「済みません。今日はこれが精一杯なんです。実は、お願いがあって来ました」

「まさかこれでチャラにしてくれじゃないだろうな」

「いえ、必ず返しますから残りの分、暫く待って下さい」

「調子に乗るんじゃないぞ。まだ半分も払っていないだろうが」

「……実は、僕は目が見えないんです」

「なに？　馬鹿野郎！見えねえで良く一人で来れたな！　それとも女にでも連れて来て貰ったか」

「いえ」

「仮病使って逃げようたってそうはいかないぞ！」

「だったらわざわざ来ません」

勝也は書類を出した。

「何だこれは」

「医者の診断書です」

「……ちゅう、ちゅうしん、……なんだこれは」

「中心性網膜炎です。見たいものが見えないんです」

「あ？……こんなもん親戚の医者が書いたんじゃないのか」

「だったら調べて下さい」

竹山は診断書と勝也を見比べていたが、

「……で、どうするつもりだ」

「働けるようになるまで待って下さい。逃げ隠れはしません」

竹山は大きな吐息をついた。

「……約束出来るか」

「約束します。もし破ったら、腕を折るなり指を切るなり、好きにして下さい」

「……よし、良いだろう。お前から出向いて来たんだ、回復するまで待ってやろう。しかし、居所だけは必ず知らせろ」

「分かりました。有り難うございます」

勝也は頭を下げ外へ出た。何だか急に冷えてきたように全身に震えがきた。若い手下の男が追ってきて並んで歩き始めた。

「勇気があるんですね」

「……あなたは事務所の人ですか」

「いや、遊びすぎて金借りたのが運の尽きで、逃げ回ってたんだけど捕まって働かされてるんです」

「……」

「竹山さんがあんなに物分かりがいいなんて思ってなかったですよ。昔は随分酷かったらしいですからね。ナイフで傷つけたりもしていたらしいですよ。僕は殺されるんじゃないかとびびった時もありましたよ」

勝也は心が冷えたまま、ある種の安心感と共にアパートへ帰ってきた。

それから数か月が経った。

相変わらず借金取りの電話が鳴り続いた。

眼が塞がっているため余計に電話の音がトラウマとなって勝也を怯えさせる。

借金返済と生活を考えれば、少々無理をしてでも仕事をしない訳にはいかない。それがまた回復の妨げになった。電気スタンドを目一杯明るくして、顔をくっつけるようにしてシナリオを書き続けた。三日に一度は、朝から眼痛に悩まされ、何も手に着かない。眼孔の奥からじんじんと痛みが湧き上がってくる。勝也は机に向かったまま目頭を抑えている時間が多くなった。

愛子と舞子は心配してよく部屋を覗きに来てくれたが、ただ回復を祈るしかなかった。

医者は勝也の眼底をのぞき終わって、

「多少は腫れが退いてきましたね」と言った。勝也にもそれは判る。茶色い陰が前よりは薄くなり、その奥に歪んだ文字が薄く見える。

「回復がちょっと遅いようですが、無理はしていないでしょうね。油断しないで下さい。……念のため精密検査を受けられますか。良ければ大学病院を紹介しますよ」

勝也は言われるままに紹介状を持って大学病院へ行った。眼底写真を撮るには造影剤を静脈注射する必要があるというので、万一に備えての承諾書を書かされた。ベッドに寝かされて眼底写真を数枚撮られた。

一週間後に結果が出た。

医者は眼底写真を見ながら事務的な口調で言った。

「黄斑変性症ですね」

「?中心性網膜炎じゃないんですか」

「黄斑変性症も初期の症状は全く同じなんですよ。どちらかといえばこの病気は六〇歳、七〇歳と言った高齢者に多いので老人性黄斑変性症といわれているくらいなんですが……これまでに何か重い病気とか、例えば糖尿病であるとか、罹ったことはないですか」

「いいえ。……原爆に遭っているんですが何か関係ありますか」

「いや……それは何んともいえません」

「治るんですよね」

「うーん……、網膜の裏側に液が溜まるのは中心性網膜炎と同じですが、黄斑変性症の場合は眼底の裏側から毛細血管が成長してくる病気でして、……出来たばかりの血管は脆いですからね、何かの刺激で破れて出血したりするんです。なぜ新生血管が発生するのかということになると、実は、まだはっきりした原因が分かっていないのでね……ですから……これと言った治療方法が無いのが現状なんです」

「じゃどうしたら良いんですか」

「……出血した血液が自然に吸収されて腫れが退くのを待つことですね。血液の循環を促すためのクスリの投与も考えられますが、治療薬ではないですから気休めにしかなりません。タバコや酒を止めて下さい。体を暖めすぎないことストレスがかかるような生活を避けることですね。心配したりイライラするのは良くありません。一度出血するとどうしても再出血しやすくなりますからね。繰り返していると本当に視力を失うことになります。しばらく仕事を離れて、のんびり静養するようにしてくださいさい。残念ですが今言えることはその位です」


辺りは見渡す限り瓦礫の原だ。

厚い雲が低く垂れ込め、寒々とした風が吹き荒んでいる。

勝也は必死になって何かを探している。焼けこげた木材を押しのけると真っ白な肌をした女性の死体が現れる。「違う!」叫んで辺りを見渡すと遠くに項垂れて歩いている五、六人の人影が見える。その人影に向かって走る。いくら走っても前へ進めない。何かに躓いて転ぶ。目が飛び出した男の死体だ。「みず、水をくれ！」勝也はその首を踏みつぶして走る。一人の女性を掴まえる。それは春奈だ。「春奈さん！　春奈さん！」勝也が抱きつくとその姿は風船が弾けたように消えてしまう。

うなされて目が覚めた。暫く布団の上に踞ったまま過ごした。

外は雨が降っているようだ。雨は心の中にまで容赦なく吹き込んでくる。こんな日が何日も続いている。眠りから覚めると、ひょっとすれば……と気を取り直して電気スタンドをつけて資料を覗き込んでみる。奇蹟は起きていない。真一がくれたレンズを取り出して覗くがやはり駄目だ。勝也はレンズを投げつけ、狂ったように部屋を飛び出し、裸足のまま雨の中を公園まで走った。

――春奈さん、春奈さんは声を失うのが怖いと泣いたけど、僕は今、光を失うかも知れない恐怖におののいている。どちらかを選ばなければならないとしたら、春奈さんならどちらを選ぶ。僕は……僕を助けてくれた人や愛する人の顔が見れない人生なんて、辛くて生きていられそうにない……。

天を仰ぎ倒れ込んだ勝也を激しい雨が容赦なく叩きつけた。

舞子がお茶を入れて入ってくる。

「お兄ちゃん、無理しないで」

「……」

「痛むの」

と、首筋を揉み始める。

「……舞ちゃん」

「はい」

「舞ちゃんは好きな人は居ないの」

「どうして?……」

「あまりここへ来ない方が良い。良いことはないよ」

「お兄ちゃん言ったじゃない。舞子と一緒にお仕事しようって。忘れたの」

「舞ちゃんはこれからなんだ。いい人を見つけて幸せになって欲しい」

「嫌だよ。うちはお兄ちゃんと一緒にお仕事をしていきたいんだよ」

「その仕事が出来そうになくなっている」

「きっと治るよ。治るに決まっているよ」

「眼だけの問題じゃない。僕よりずっと才能を持った多くの先輩たちでさえ食べるのがやっとの世界なんだ。舞ちゃんだって分かるだろう。例え僕の眼が完全に治ったとしても似たようなもんだよ」

「本当にそう思っているの」

「音楽家だって、絵描きだって、小説家だって、みんな自分の心の世界を表現したくて命を削って生きている。でも……」

「お兄ちゃんは監督になって人を感動させる映画を創りたかったんでしょう。お金儲けじゃないでしょう。お兄ちゃんは出来るんだよ。きっと出来るんだよ。だってお兄ちゃんはうちが小さい頃からの太陽なんだよ」

「……太陽だって厚い雲に覆われたら光を届けることは出来ないさ」

「どうしてそんなに哀しいことを言うの。曇っていたら次は必ず晴れだよ」

「僕が舞ちゃんにしてあげることは何もない。舞ちゃんならきっといい人が見つかるさ。そして愛する人と結婚して、子供を沢山産んで、幸せな家族をつくるんだ」

「お兄ちゃんはうちが嫌いなの」

「そうじゃない」

勝也は立ち上がり見えもしない窓外の空を見上げた。

「だったら……だったらもっとうちを好きになって！　うちは……お兄ちゃんが好きだよ、愛している！」

舞子は泣きながら身を投げだし、勝也は黙ったまま胸に受け止めた。

テレビ局の表にはカメラマンが集まり、舞子が出てきてもみくちゃになる。

「ある男性と良く逢われているようですが、どんな間柄ですか」

「妊娠されているという噂がありますが本当ですか」

舞子はマネージャに守られ、車に乗り込み逃れる。車の中で舞子は泣いた。

「うち、何もしていないのに」

「彼奴らネタになるんなら何でも良いんだよ。持ち上げるだけ持ち上げといて、何かあったら今度はこぞってあら探しをして売り物にする。全くハイエナみたいな連中さ。こういうことがあるから気をつけなきゃやって言っていたんだ」


会社が倒産した後、『映像万華鏡』は北芝商事関連のビデオ制作会社に委託していた。従って入金は権利料程度に過ぎず、借金の返済を考えれば勝也の手元に残る金などなかった。

勝也は竹山商事を捜した。彼らは数か月ごとに事務所を転々と変わる。手の汚れる仕事をしているので、警察など外部の者に居所を知られたくないからだ。勝也は竹山との約束からお互いに連絡はとれるようになっていた。

「おう、お前か」

「少しだけ持ってきました」

「そうか、治ったのか」

「いえ、まだなんですが約束ですから」

「俺たちが住所を変えるのを良いことに、逃げる奴が居るがお前は感心だ」

「少ないですが十五万あります。これで丁度半分になると思います」

「おう」と竹山は機嫌良く受け取って数えた。

「領収書を下さい」

「それは出来ん。口約束でも俺は守る」

「僕も約束は守りました」

「うん、お前のことはよく分かった。こうしようじゃないか。俺たちも端金に何時までも関わっているのも面倒だ。あと一〇万、月末までに持って来い、それで残りはチャラにしよう。どうだ」

「……分かりました。信じます」

「よっしゃ。お前は見所がある。どうだ俺ん所で働かないか」

「冗談言わないで下さい」

「そう嫌うな。それにしても専務の明智って奴は、旨い汁だけ吸ってとんずらするなんて許せねぇ野郎だな」

「僕が信用したんですから、恨んでなんか居ません。すべて僕の判断が甘かったんです」

「お前も目出度い奴だ。……おい源二！」

「へい、兄貴！」厳つい男が顔を出した
「お前ぇ、明智って野郎知ってるだろう。残りは奴から徹底的に搾り取れ！」

「承知しやした！」

源二は肩を怒らしたまま引っ込んだ。

「どうだ、これから川崎に遊びに行くんだが一緒に来ないか、いい女を紹介するから」

「そんな気分じゃありません」

竹山は笑いながら言う。

「金のことなら心配すんな、俺が面倒見るからよ。時には借金のことを忘れて女でも抱いてみな、病気なんかすっ飛んじゃうから」

最も厳しいヤクザと片がつき、治療法はないと言っていた医者は毎日静脈注射を打ち続けた。そうした所為なのか、茶色い影は幾らか薄くなっていった。明るい兆しには違いなかったが、縦横の細い線は歪み、文字は押し潰されたようにグニャグニャに縮んで見え、急に明暗が変わると瞳孔が機械仕掛けのようにキューっと開閉するのを感じた。その他薄暗いところに差し込んでくる光が眩しいなど様々な症状が続いた。

本を読まなくなり映画を観ることもなくなった。


昭和五十七年七月二三日。未曾有の洪水が九州地方を襲った。

『長崎大水害！』『重要文化財眼鏡橋崩落！』のニュースが流れた。

部屋の片隅で、勝也は眼底の痛みに耐えながら岸川へ手紙を書いた。直ぐに返事が来た。

勝也は明るい窓際の光にかざして読み始めた。

〈幸い僕の処は何事もなかったので安心してくれ。久し振りの手紙で懐かしかったが、乱れた文字に君の苦しさが滲んでいるようだった。今の君の気持ちは長崎の洪水のようなものかも知れない。辛いだろうが諦めないで頑張って欲しい。初心を忘れないで欲しい。君は遙か遠くに見える光を目指して長い道程を歩き続けてきたのだ。いま諦めたらこれまでの努力が全て無になってしまう。僕は一塊の教師になったが、君にはもっと大きな、人間全体の、大げさに言えば地球全体に向かって人間の尊厳について、希望について、愛について、君の願う映像に託してメッセージを送り出して欲しい。君はそれだけの思想と資質を持った人間だ〉

勝也は一度目を閉じて鈍痛を鎮め、再び読み始めた。

〈……実は君に謝らなければならない事がある。それは春奈さんのことだ〉

『春奈』の文字が大きくなって飛び込んでくる。

〈春奈さんは生きている〉

勝也は驚愕の表情で手紙を見詰めた。

〈大学一年目の正月、長崎へ帰省した折、僕は春奈さんが奇跡的に助かっていたことを知った。だがその事を君に伝えるにはためらいがあった。それは、君が迷いを断ち切り、夢に向かって邁進して行くことを願ったからだ。いや、僕ではなく、君の夢を奪いたくないという春奈さんの深い愛から生まれた願いでもあったのだ〉

勝也はショックのあまり立っていることさえ出来なかった。更に続く。

〈実は、君に貸した幾ばくかの金は、君が困った時に使うようにと春奈さんが密かに僕に送っていた金だ。いま彼女は長崎には居ない。どこでどうしているか詳しく書くことは出来ないが、生きていればまた逢える日もやって来るだろう。もし君の目の病が治り、稼げる日がやってきたら、お金は春奈さんに返してやってくれ、いや金ではない。君が春奈さんの愛に応えるには自分

の夢を実現する以外にないのだ〉

岸川が東京を去るとき、『これはお前が使うべき金だ』と言った意味が分かった。勝也は手紙を握りしめたまま、震える手と溢れ出る涙を抑えることは出来なかった。

借金取りの騒ぎも次第に遠のき、勝也の気持ちに少しばかりの落ち着きが戻るにつれて、不思議なことに目も徐々に光を取り戻し、心の中にも光が差し始めた。

眼科医は勝也の眼を覗いた後で言った。

「両目同時になんて全く運が悪いとしか言いようがなかったんですが、いやー、あなたは本当に運が良いいですよ。この病気に罹ると出血を繰り返し、徐々に見えなくなっていくケースが殆どなんですが、良くここまで回復しました。奇蹟に近いです」

目は完全に回復した訳ではなかったが、三日を空けず襲っていた眼痛も遠のき、軽い仕事をこなしながら、なんとか生活を繋いでいけるようにはなった。そんな間にもドラマのシナリオだけは書き続けた。

愛子がよく代筆に来てくれた。

目を閉じたまま勝也が語る。

テレビドラマ『光の波の中で』でのシーンだ。

＃８３　長崎・眼鏡橋の上（夕方）

波子と勝彦が川面を見詰めている。

波子「ねえ、もし声が出なくなったら、……わたし……勝彦さんの名前も呼べなくなるのね」

勝彦「言葉なんてそれほど重要ではないよ。君が側に居てくれるだけで、僕は生きていく力が湧く。人が生きていくのに沢山の愛なんて要らない。一つだけ、たった一つだけ深い愛があればいい……」

愛子は書きながら涙を落とした。

それから六年が過ぎた。

奇跡

昭和六十四年一月七日、昭和天皇の崩御により、戦争と敗戦、復興と激動の昭和は終わりを告げ、平成の時代へと移った。

その年の春、勝也が心血を注いだテレビドラマ『光の波の中で』が完成した。

主人公の恋人を舞子が演じた。勝也の実体験に根ざしたドラマだった。

『愛と感動の記録！』

『瓦礫に咲いた美しき恋の物語』

『脚本・監督、村瀬勝也（五三歳）』などの記事が紙面を飾った。

――春奈さん。貴女は観てくれたでしょうか。貴女と眼鏡橋の上で語った僕の夢の一つが叶いました。どんなに辛くても、どんなに絶望の底に喘いでいても、命を掛けて努力すれば夢は叶うものだということが分かりました。夢に向かって、希望に向かって生きる力を僕に与えてくれたのは、春奈さん、あなたです。あなたの愛が僕の作品に命を吹き込んでくれたのです。春奈さん『光の波の中で』観てくれましたよね。ことばの一つひとつがあなたの愛への返信なのです。

テレビ局に呼ばれ、深津から一通の封筒を渡された。

差出人は〈長崎市南山手・黒木ひかり〉とだけ書かれている。

〈勝手にお手紙を差し上げることをお許し下さい。『光の波の中で』を拝見し、湧き上がる感動を抑えることが出来ずペンを取りました。人が人を愛すると言うことを、これほど辛く、哀しく、美しく描いた作品に出合ったことはありません。わたしは父の顔を見たことがありません。母の声を聞いたこともありません。実は母は若い頃原爆の後遺症から声を失い、そのことが原因で愛する人を、つまりわたしの父をも失いました。わたしにはなぜ父親がないのか、一度でいいから母の声を聞きたい、どうして自分はこんな両親の元に生まれたのだろうと、世の中を恨み、悲しんだこともありました。ですが『光の波の中で』を拝見して、世の中には愛すればこそ別れる愛もあることを知りました。本当の愛は、深く見えないところに存在するのですね。わたしは今とても幸せです。なぜなら、見えない愛の美しさを知ったからです。ドラマの主人公があまりにも母に似ていることが不思議でなりません。もしやこの作者はわたしの母をご存じなのではないでしょうか。いえ、そう思わせるほどわたしの心を掴み、激しく揺さぶるものでした。私は戦争を知りません。戦争によって不幸になった人々が居たことを、戦争の残酷さを決して忘れてはならいと思います。このドラマを書き、演出された村瀬勝也さんの、人間に対する温かい愛の眼差しを感じます。どうかこれからも素晴らしい作品をわたしたちに見せて下さい。

演出家村瀬勝也さんの一ファン・黒木ひかり　より〉

それから更に一週間経って勝也はまた深津に呼ばれた。局のカフェで待っていると深津が急いでやって来た。

「おい、君に会いたいという人が居る」

深津の後から一人の人物が近づいて来る。

「覚えていますか」

「？……」

勝也は差し出された手の傷に気づいた。

「金君？　真一君！」

かつて天草で一緒に巡回映画を観た韓国人の金真一に違いなかった。

「そうです。真一です。またお会いできました」

「今度、韓国のロケでお世話になるんだ」

と深津が改めて紹介する。

「じゃ、貴方もテレビのお仕事を」

「ええ、貴方のせいです。天草で貴方に無理矢理映画を観せられたのが原因です。全て貴方に責任があります」

二人は感激のあまり抱き合った。

その日の夜、勝也は真一を海の見える伊豆の小さなホテルに案内した。何十年ぶりかでゆっくりと語り合いたかった。

広い芝生の上に寝ころび、満天の星空を見上げながら、かつて天草で一緒に巡回映画を観たこと、港の堤防で星空を見ながら語り合ったことを想い出していた。

「あれから四〇年。……星は何一つ変わらず美しく輝いている。あの時、この星の下に貴方がいて、今また私がここにいる……」

「病気のせいで、僕に見える星は半分に減ってしまったけれど、でもあの時の星の輝きは今でも鮮明に残っていますよ」

「日本での想い出は暗いものばかりでした。でも、貴方一人の優しさが百倍もの生きる力を私に与えてくれました。貴方はあの星よりも何倍も明るく美しい星として、私の心の中で輝いていました。国へ帰っても貴方のことを忘れたことはありませんでした。もし貴方に会っていなかったら私は日本人を許すことはなかったかも知れません」

「貴方がくれたレンズは今でも僕の宝ものですよ」

「嬉しいです。……あなたと別れて祖国へ帰えり、これでやっと人間らしく生きていくことが出来るのだと、明るい希望に溢れていました。ですが祖国へ帰ると直ぐに戦争が始まって、また残酷で辛い戦場に駆り出されました。やっと平和を手にした筈だったのに、大国同志の争いのために、なぜ同じ民族同士がいがみ合い殺し合わなければならないのか。人間の心の中に住む残虐性と戦争という恐ろしい魔物を呪いました」

一九五〇年六月の早朝、北朝鮮軍が突然砲撃を開始し朝鮮戦争が勃発。わずか三年の間に南北朝鮮を合わせて四〇〇万人が犠牲者となった。その血と涙の陰で、日本は戦争特需の恩恵に浴したのだった。

「ご苦労なさったんですね」

「今では韓国も平静さを取り戻しつつありますが、一度味わった哀しみは思うようには消えません。……残念なことに韓国には未だに根強い反日感情があります」

「韓国の人たちが日本から受けた心の傷は簡単には癒えないことでしょう。でも僕は過去を乗り越えて、お互いに理解しあえる日が必ず来ると信じています」

「私もそう思います。そうしなければいけないと思います。海が隔てては居るけど、日本と韓国は最も近いお隣同士なんです。いつか二人で一緒に一つの映画を撮りたいですね」

「私たちが心から願っていれば、その日は必ずやって来ると思います」

「ええ、想い続けていればきっと実現できると私も思います」

見上げる二人の上に、輝く満天の星の光が降り注いでいた。

それから数日後、勝也は東海道新幹線に揺られていた。

通路の奥から二人の若い男が近づいてきた。

「失礼ですが村瀬勝也さんですね」

「……」勝也は軽く頷いた。

「飛行機だとばかり思っていました。少しお時間をいただいて宜しいでしょうか」

「長崎で出演者と一緒に番組に出られると聞きました。お忙しいんですよね。長崎だと飛行機の方がずっと楽ではありませんか」

「列車じゃまずいですか」

「いえ、そう言うわけじゃ」

「途中何処かお寄りになるんでしょうか。京都とか」

「何故ですか」

「いや、何となくそんな気がして……」

「……」

「あの……『光の波の中で』、拝見しました。感動しました。確か……村瀬さんはまだご結婚されていないんでしたよね。何故なんでしょうか」

「……」

「ドラマの主人公の『波子』は、村瀬さんの昔の恋人がモデルという噂がありますが、本当ですか」

「今でもその方が生きているとの話もあります」

もう一人の記者が言った。

「……」

「これからお逢いになるんですか」

「ドラマとは違います」

「相手の方の本当の名前を教えて頂けませんか」

「……聞いてどうします」

「ぜひ相手の方の話も伺いたいんです。ドラマでは長崎で三三年ぶりに再会することになっていましたが、それほど長い間、男が一人の女性を思い続ける事が出来るんでしょうか。男女間の愛が希薄になっている今日、これはもう現代の奇跡です。もしこれが事実ならドラマ以上に感動的な純愛物語です」

勝也はうんざりして、黙り込んだまま外を眺め続けた。


長崎の民放局に出演した後、夜になって勝也は岸川に眼鏡橋に誘われた。もちろん勝也にとっても忘れられない場所だ。先を歩く岸川が橋の上で立ち止まった。

「日が暮れる頃ようこん橋ば走って渡ったなぁ。こん橋は洪水のあと直ぐに再建されたとばってん、今じゃ造船技術学校も市立高校ものうなって、街もすっかり変わってしもうたもんね。あん頃の景色はもう想い出の中に残っとるだけばい」

「映画の道へ進みたくて、君と汽車に乗ったのが昨日のようだ。あの頃は遠い光だけを追っていた」

「素晴らしかドラマだったよ。君らしく温かくて、生きることの哀しさ、喜びが溢れとった。感動で目が霞んでよう見えんかったよ」

「有り難う。君にそう言われるのが一番嬉しい。君がいなかったら諦めていたかも知れない」

「……実はな……」

「うん？」

「あ、そうだ、ちょっとそこで缶ビールでも買ってくるか」

「あぁ」

「直ぐ戻る」と、岸川は橋のたもとへ消えた。

懐かしかった。川岸の向こうから、今にも春奈が手を振りながら駈けてくるような気がした。

あの頃、二人は何度この橋の上で落ち合ったことか。夜遅くまで合奏をしたり、将来のことなど語り合ったこともあった。すべて遠い遠い昔のことだ。

「村瀬勝也さんでしょうか……」

不意に声をかけられ勝也は我に戻り振り向いた。そこには、若い頃の春奈が立っていた。

一瞬過去の幻影に襲われた勝也は動揺の眼差しで女性を見つめた。

「黒木ひかりと言います」

黒木ひかり！……。勝也はファンレターに書かれていた名前をはっきりと思い出した。

「あ、あのお手紙を下さった……」

「はい、……一度でいいから、お逢いしてみたいと思っていました」

震える声で言う彼女の目には涙が滲んでいる。

「こうしてお逢いできて本当に嬉しいです。……実は……もう一人逢って頂きたい人が居ます」

彼女が振り向く橋のたもとに岸川と並んでもう一人の婦人が立っている。

岸川に促されるようにゆっくり歩いて来る婦人は数メートル離れたところで止まった。

「……春奈さん！……」

勝也は確信した。五二歳になった春奈が真っ直ぐ勝也を見て微笑んでいる。

「春奈さんだね。……本当に……本当に春奈さんだよね。夢じゃないよね」

春奈は黙ったまま重ねて頷いた。

「どんなに逢いたかったか。生きていてくれて良かった。……春奈さんは僕の心の中の光を見たいと言ってくれたよね。あのドラマは春奈さんに見せたくて創ったんだ」

「とても素晴らしいドラマでした。……わたしは娘のひかりです。三三歳になりました」

離れた位置のまま春奈が微笑み頷く。

岸川が春奈の背中を押し、勝也は溢れる涙のまま、言葉もなく春奈の手をとった。

ひかりが言葉をつないだ。

「母はわたしが生まれる前から男の子でも女の子でもいいように、『ひかり』と名前を決めていたそうですよ」

「……」またどっと涙が溢れた。

「わたしは母の声を聞いたことがありません。でもその分、何時もわたしを抱きしめて育ててくれました。言葉はなくてもわたしは母の言いたいことが分かるのです。愛を伝えるのに言葉はいらない、一番大切なことをわたしに教えてくれました」

春奈が遠慮気味に手話で語りはじめ、ひかりが言葉にした。

『生きていて良かったと思います。あなたは、ずっと私の心の中で光り輝いていました』

「僕はずっとあなたを恨んでいました。だってあなたは黙って僕の前から消えたんですよ。僕は気が狂いそうだった」

『許して下さい。私はあの時、あなたを失うなら死んでもよいと思っていました。でもその時この子を授かったことを知ったのです』

「……何も知らずに……本当に済まなかった。……ひとりでさぞ辛かったろうね……」

後はもう言葉にならなかった。

『いいえ、生きる希望になりました。あなたの残した生命を守るために、きっと神様が私を死の淵から救って下さったのでしょう。私はあなたに巡り逢えたことを、新しい命を授けてくださったことを神様に感謝しています』

「実は……」ひかりが言葉を継いだ。

「浦上天主堂での撮影のとき、母とわたしはベールを被り礼拝者として参加していました」

「え！」

春奈が手話で言った。

『撮影の指揮を執るあなたはイエス様やマリア様のように神々しく、光り輝いて見えました。私は嬉しくて、胸が震えて顔を上げることができませんでした』

「なぜ声をかけてくれなかったんです」

『自分の希望を全うし、晴れて監督として活躍されているお姿を拝見するだけで、私は幸せでした』

ひかりが突然、声をあげた。

「あら！　お母さん蛍よ！」

のばした指の先に数匹の蛍が舞い上がった。みんなが涙の目で蛍の群れを追った。

ひかりが感慨深げに言った。

「蛍はね、光で愛を語るんですって、ほら、一緒に光っている。きっと愛する人と巡り逢えたのね」

その後、勝也は何十年ぶりかで清心寺を訪ね、母の墓に詣でた。洒落た喫茶店の主となった哲也と陽子が歓待してくれた。そして勝也はひとり思案橋からバスに乗り、茂木港で天草行きの汽船に乗った。

かつての海はイルカウオッチングの観光地と化し、世話になった山村家は跡形もない。明徳寺の石段を歩き、龍太の墓を訪ね、寺田家の表にも行ってみた。全てが面影ひとつ残さず姿を変えていた。そう言えばあれから四十年もの歳月が流れたのだ。

春奈の言葉が頭の中を巡っていた。

――あなたの創ったドラマの中にあなたの姿を見ていました。それは温かく美しく輝かしいものでした。私がずっと心に描いていた貴方の心の光そのものでした。生きることの切なさ、人を愛することの喜びがいっぱい溢れていました。幸い私は見ることも聴くこともできます。私は長生きして、ずっとあなたの心の光を見続けていたいと思います。

勝也の心の中に新しい息吹が生まれた。

最期の挑戦

三三年という遠くにあった故郷めぐりの旅を終え、東京へ戻った勝也はテレビ局のロビーで深津と会った。

「実は局でも映画製作に乗り出す事になった。それで俺も映画製作局に移ることになったんだが、どうだ、何か良い企画はないか」

「いま、韓国を舞台にしたシナリオを書いている。長崎では徴用された数多い韓国人が原爆で亡くなっているんだが闇に埋もれたままになっている。日韓合作は出来ないだろうか」

「いきなり日韓合作か……。それが出来りゃ話題作りにはなるけどね。しかしまだ、韓国では日本の映画やテレビは許されていないからなぁ……」

「韓国へ行かしてくれ。一度韓国を自分の目でしっかりと見て来たいんだ」

「そう言われてもなぁ……何か番組の企画でもあればだが……」

「考える、やらせてくれ」

「とにかく企画書を出してくれ。お前がやるなら反対はないだろうが、俺の一存で決めるという訳にもいかない」


勝也は韓国・ソウルへ飛んだ。

今日の韓国の日常を伝える情報番組の一つを撮るのが口実だった。

儒教と風水を重んじる韓国事情をさぐるために、まず郊外の山上にある水くみ場へ行った。案内は真一だ。ソウルを見下ろせる丘の湧水場には四、五人の年配の韓国婦人が水を汲みに集まっていた。

「こんにちは。私たちも飲んでも良いですか」

と勝也の代わりに真一が韓国語で訊いた。

「どうぞどうぞ遠慮はいらないよ、みんなの水だよ」

年老いた婦人が優しく言う。

真一が勝也に説明する。

「韓国ではどの地域にもこうした湧水場があり、こうして毎日ここまで水を汲みに来るん人たちがいるんです」

「あんたたち何処から来たのか」

と一人の老婦人が訊いた。

「この人たちは韓国取材のために、わざわざ日本から見えたんですよ」

真一が答えると老婆の態度が急変した。

「日本人だって！　日本人に飲ませる水なんかない！」

老婆は水を飲もうとしていた勝也の柄杓を思い切り叩き落とした。咄嗟のことで勝也は驚いて立ち上がった。

「何しに来たんだ！　日本人の顔なんか見たくねぇ。帰れ！」

真一が取りなそうとするが婦人は狂ったように喚き叫んだ。

「お前ら日本人が私の父も、夫も、息子も殺したんだ！　お前ら日本人は血の通った人間じゃない！　鬼だ！　帰れ！帰れ！　二度と来るな！」

水をまき散らし、石を投げつける。

勝也とロケ隊は逃げるように近くの寺院近くまで下ってきた。

「……許してください。忘れようと思っても忘れることの出来ないことが世の中にはあります。……韓国には、まだまだあのようなお年寄りが沢山いるのです」

「……お気持ちは良く判ります。こちらこそ許してください」

「貴方が謝ることはありません。全て戦争が人を狂わせてしまったんです」

勝也は哀しい思いで遠くを見詰める他なかった。韓国料亭でも似たようなことが起きた。真一を囲むようにして勝也と日本人スタッフが話し込んでいるところへ、いきなりゆで卵の半切れが足下へ飛んできて砕け散った。隣の席で飲んでいた中年の韓国人が投げたのだ。真一が立ち上がり毅然として言った。

「何をするんだ、失礼じゃないか！」

「日本語が耳障りなんだよ！」

「日本語を聞くと不愉快なんだ！　折角の食事が不味くなるじゃないか！」

「ここは韓国なんだ。話すなら韓国語で話せ！」

「君たちは日本へ行ったら日本語で話すのか！」

真一の声に韓国人たちは返答に困り静かになった。

外は朝から雨が降っている。

勝也はアパートの机を前に塞ぎ込み、ひっきりなしに落ちる雨水をぼんやり眺めていた。

このところ忘れかけていた眼底の鈍痛が現れるようになった。

勝也は目を閉じ韓国でのもうひとつの出来事を想い出していた。

ＭＳＢ韓国テレビの会議室でのことだった。日本側から深津と勝也、他に二人。韓国側から真一の他に五人が出席していた。韓国の若いプロデューサーが言った。

「現在では日本のテレビも観られるし、音楽も入ってきています。しかし、これらはあくまでも民間レベルでの話であって、国が正式に認めている訳ではありません。仮に合作が可能だとしても内容、制作費の負担、出演者、スタッフ、ロケ先、問題は山ほどあります」

「仰るとおりです。それにはまず何を取り上げるのか、視聴者に何を伝えたいのか、企画をしっかり固める必要があります」

深津が言い、再び韓国プロデューサーが発言した。

「その通りですが、我国がまだ日本の大衆文化の開放を認めていないのに、合作を望まれる理由は何でしょうか」

勝也が答えた。

「既に戦後四五年あまりになりますが、日韓の間にはまだ深い渠があります」

年長の韓国役員が重い声で切り出した。

「それは政治がやるべき問題ではありませんか」

「そうかも知れません。ですが私たちは政治家ではありません。私たちに出来るのは映画やテレビを通して、少しでもお互いに理解し合える新しい時代を作りあげていくことではないでしょうか」

「貴方は甘い幻想を抱いていらっしゃるようですな。植民地時代日本が朝鮮人にどんなことをしたのか知っていますか。私と父は畑仕事をしているところを、拉致同然に日本へ連れていかれ、父は地獄の炭坑で病死しました」

次第に興奮し、立ち上がって流ちょうな日本語で話し始めた。

「貴方に分かりやすいように日本語で話しましょう。貴方は私が日本語で話せるのは何故だと思いますか。貴方が英語を話せるのとは訳が違いますよ！」

　役員は怒りを込めて左腕のシャツを捲り上げた。ケロイドでよじれた腕を突き出して言った。

「これが何の痕か日本人の貴方なら判るでしょう。私は拉致されたあと長崎の兵器工場に連れて行かれ、ほとんど裸同然の姿で働かされていて原子爆弾に遭いました。日本人が助け出されていくのに私たち朝鮮人は全身大火傷したまま焼け付く太陽の下に放り出されたのです。なぜ朝鮮人の私が日本の戦争に駆り出され、原爆にやられたりしなければならないのですか。それがどんなに惨く理不尽なことか考えてみてください！　日本人が勝手に起こした戦争のために何故朝鮮人が死ななければならないのですか！　日本人は罪もない一般国民を殺し、朝鮮を占領したばかりか先祖伝来の名前を奪い、言葉まで奪ったのです！　民族の尊厳まで奪ったのです！　この屈辱を忘れろと言うのですか！あなた方日本人が何を言おうとこの過去の屈辱を消すことは出来ないのです！」

　勝也は応える言葉も見つからないままゆっくり立ち上がった。

「……お怒りの気持ちは良く分かります。……でも、一つだけ教えて頂けませんでしょうか。過去は消せないと仰いましたが、これから先も日本と韓国が理解し合える日は来ないと言うことでしょうか。私は、どんなに許せない過去があったとしても、お互いが幸せになるための足枷にしてはならないと思っています。確かに日本は過去に大きな過ちを犯しました。言葉では言い尽くせないほどの苦痛を与えたと思います。しかし、過ちがあればあるほど、大きければ大きいほど過去は私たちに多くの事を教えてくれます。もし過去に犯した罪のために、今後も理解し合う事が出来ないとしたら、私たちは一体どんな希望を抱いて生きていけば良いのでしょうか」

真一が立ち上がった。

「私は日本で生まれました。私の父も徴用で日本へ連れて行かれた一人です。同じ人間なのに、どうして朝鮮人は虫けらのように扱われるのか、悔しく辛い思いで生きてきました。しかし、日本人全てが人間の皮を被った鬼では無いことを知りました。戦争を引き起こした一部の人間が善良な日本人の心まで鬼にしてしまったのです。今の私は戦争は憎んでも、何も知らず鬼にされていた多くの日本人を恨むことは出来ません」

年長の役員は冷静さを取り戻し、ゆっくりと腰を落とした。韓国のもうひとりの役員が言った。

「私たちもあなた達と同じように、韓国と日本両国の文化交流に寄与して行きたい気持ちは持っています。山は高く、険しく、厚い雲に覆われていますが、しかし、雲が晴れ、明るい太陽の光が差す日も必ずやってくるでしょう。その日のためにもっと話し合い、一緒に準備をしていきませんか」

勝也の韓国取材のドキュメンタリー番組は完成し放送された。

養護学院の園長になり、子供達に囲まれて幸せな日々を送っていた春奈から手紙が届いた。

〈貴方が作られた韓国のドキュメンタリー番組を拝見しました。日本の植民地時代に生まれたと言う歌曲の『鳳仙花』、『恨五百年』は心を締め付けられるような、切なく哀しい唄でした。わたしたちは原爆の洗礼を受け、その悲惨さばかりにとらわれているけれど、長い歴史の間、人間の尊厳を奪われ耐えてきた韓国の人たちの苦しみも、決して忘れてはならないと思います。遠く離れていてもテレビを通して伝わってくるあなたの心の優しさに、何時も嬉しい涙を浮かべています。わたしは被爆し声を失ったとは言え、こうしてあなたの作品が観られること、聞こえること、その感覚が残されている事に限りない幸せを感じています。困難なことは多いでしょうが、これからも心を打つ素敵な作品を作り続けて下さい。〉

平成二年、天井知らずに膨れあがっていたバブルが崩壊した。

番組制作も短編映画も一気に冷え込んだ。景気が悪くなれば文化的な予算が真っ先に削られる。芸術や娯楽は二の次ということだろう。学生寮で『芸術は贅沢な学問だ』と言った先輩の言葉が思い出された。巨額の金が溢れかえっていた頃は、不動産屋までが我も我もとビデオ編集スタジオを造ったりした。しかし時の移り変わりは速く、放送業界にも翳りが出始めた。

勝也の仕事も激減した。

フリーのスタッフが真っ先に職を失った。制作局の経費削減が優先され、外注を避けて社内スタッフによる製作が多くなる。決まっていた企画が消え、スケジュールも会社の都合が優先され、簡単に変更された。フリーにとってスケジュールは唯一の自己調整の鍵だ。一か月の予定が二か月に延びればギャラも二分の一になる。空いた時間を埋めようにも、撮影が一日でも重なれば他の仕事を引き受けることは出来ない。また条件の良い話が出たからと乗り換える訳にもいかないのだ。そんなフリーの立場など理解している会社はほとんどなかった。

勝也は久し振りにPプロダクションの高岡プロデューサーと会った。

「バブルが弾けてから短編映画はもうさっぱりでね、予定の話はみんな飛んでしまった。穴を開けることのできないテレビ番組と違って、われわれが作る作品は無ければ無いで済むんでね、何処の企業も真っ先に予算を切ってしまう」

「CM業界は特に大変みたいですね」

「番組なら、まだ小さい仕事はあるんだが、そんな安い仕事を君に頼むわけにもいかないしね」

「そんなことないですよ」

「君なら良い作品を創ると判っていても、駆け出しと違うんだから、こっちだって気を使うよ」

「テレビだって四〇歳も後半になれば、有能な演出家さえ窓際族ですからね」

番組制作も、安くて自由の利く若手の起用に移っていき、特に実力を備えた演出家やカメラマンは敬遠されるようになった。

「ビデオの時代になって全てがおかしくなってしまった。何処の企業も、ビデオなら安く簡単に出来ると思っているからね。仕事をとるには何処よりも安くしなけりゃならない。自分の足を自分で喰っているようなもんだよ。何より寂しいのは、作品の質なんてどうでもよくなっていることだね」

「情けないですね」

「これまでは文化の一翼を担っているつもりで頑張ってきたが、ま、われわれの仕事も単なる商売と同じって事だよ」

ある日、『シナリオ金曜会』時代の先輩の岩崎が訪ねてきた。

「言いにくいんだが……少しお金を貸して貰えないだろうか。……いや、君もフリーだから大変なのは良く判っている……」

「……」

「結婚したのが遅かったもんで、まだ高校生の娘がいてね」

「……」

「いまアニメの企画とシナリオを頼まれてはいるんだが、書いたからって必ずお金になるとは限らないからね。書いて書いて書きまくって、神経すり減らして、躰壊して、それでも決まらなきゃ一銭にもならないんだから。……サラリーマンのようにボーナスが出る訳でもなし、退職金があるわけでもなし全く救われない仕事だよ」

「それが分かっていてフリーで仕事してきたんですから。画家や小説家だってみんなそうでしょう」

「分かっているつもりだが……娘一人、大学へやれないなんて情けない」

「……」

「何年かぶりで会ったのにこんな話で済まない。もう……相談する相手もいないんだ」

「……お役に立ちたいんですが、これが僕の全てなんです」

電話があった時の悲愴な感じから、勝也は予め用意していた預金通帳を見せた。演出料として入金したばかりの金が三〇万円ちょっとあった。

「これが今の僕の全てなんだ。半分で良ければ……」

「済まない、恩に着るよ……アニメのギャラが入ったら、必ず……」

「良いですよ、もう仕事の話はよしましょう」

勝也は窮地に立っている岩崎の気持ちが痛いほど理解できる。自分もこれまで何度同じ状況に陥ったことか。その度に助けられて来た。返ってこないのは分かっていたが、借金を申し込む気持ちの辛さはだれよりも知っている。


目の方は眼痛が時折襲うだけで幾分安定している。だが、このところ身体が重く、原稿用紙に向かってもシナリオを書き続けるだけの覇気が湧いてこない。そうしてぐったり寝ころんでいるところへ枕元の電話が鳴った。

〈村瀬さん！　韓国政府が日本の大衆文化の開放を決めました！〉

ソウルの真一からだった。

「本当ですか！　じゃ日韓合作も夢じゃないということですか」

〈そうです、その通りです。私たちの夢が実現できる日が来るかも知れません〉

そのことを裏付けるように、翌日の新聞に活字が躍り、繁華街には、

『一九九八年、韓国、順次日本の大衆文化開放を発表！』の電飾が流れた。

勝也はテレビ局のロビーで深津と会った。

「俺のところにも金さんから電話が入っている。第一次として映画、テレビ、出版物から開放していくようだ」

「一歩前進したな」

「そうさ。韓国政府が認めるなら、MSBだって前向きに考えるようになるだろう。問題は中身だ。お前は金さんと本を固めてくれ。会社同士のことは俺が詰める。もうすぐ俺も定年だからな。最後の仕事と思って全力を挙げる」

「分かった」


勝也は深津の指示でソウルへ飛び、ホテルのラウンジで真一と会った。伊豆のホテルで一緒に映画を撮ろうと約束を交わしてから一〇年が経っていた。

「昭和三十三年に韓国の青年伝道師の伊致浩（ユンチホ）さんと結婚し、極貧の中で韓国の孤児たちを育てた田内千鶴子さんの話はどうかと思っています」

「私も伊致浩さんと田内さんのことは良く知っています」

「田内さんは一九五〇年の朝鮮動乱の折り、食糧調達に出かけたまま行方不明になった夫の遺志を継いで、孤児のために献身的に愛情を注がれたそうですが、一九六七年病に倒れ、最後に日本人らしく梅干しが食べたいと言って亡くなられたそうですね。今は韓国の玉洞（オクトン）に眠っていられるようですが」

「そうです。田内さんの話は韓国でも良く知られています。ですが単なる日本人の美談では、韓国人は納得しません」

「勿論です。田内さんの話と同時に、戦後の混乱の中、日本の残留孤児を助け、自分の子供として育て上げた韓国の老夫婦の話、それに大人に育った日韓男女の恋を絡めて、国を超えた人間愛と戦争の残酷さを描く事が出来ればと思うんです」

勝也はずっと前から温めていた企画について話した。

「基本的には賛成です。ラブロマンスもドラマの常道として必要かも知れませんが、その場合も注意が必要です。韓国の女性は日本人のキーセン観光に悪いイメージを持っています。ですから日本の男性が韓国の女性を好きになるのは快く思っていません。その反対ならまだ許せるかも知れません。お笑いになるかも知れませんが、韓国人は日本人に対して、そこまでデリケートな感情を持っているんです」

「……」

「国民の反感を買ってまで合作するのは、韓国の制作会社としてはリスクが大き過ぎます」

「それはそうです。……いろいろと難しいものですね」

「でも村瀬さん。韓国も若い世代を中心に少しずつ変わってきています。国境を超えた自由な恋愛もいつかはきっと描ける日が来るでしょう」

「ええ、二人でもっと内容を検討していきましょう。出来ることから始めるんです。その努力は決して無駄にはならないと思います」

二人は熱く手を取り合って別れた。

それから更に二年が過ぎた。その間、勝也は深津が担当する海外取材のドキュメンタリー番組などで命を繋いだ。制作費は削られ過酷な作業の連続だった。視力はある程度まで回復し安定していたが色弱は回復する兆しはなかった。

韓国との話し合いも幾度となく行われたが遅々として進まない。

窓を閉めたまま勝也は部屋で寝込んでいた。遠雷の音が聞こえる。激しく咳き込んだ。咳き込む度に眼球の周りを蛍の光のようなものが移動する。

併発していた脈絡膜炎が酷くなっているようだ。体調も優れない。次から次へと何かが起きた。それでも合作のためにシナリオを書き続けた。眼底が鉛の塊でも載せたようにじんじんと痛くなる。痛みが去るとまた書く。既に二週間は同じように部屋に籠もったままになっている。

二〇〇〇年になって、日本の新聞紙上に一つの記事が載った。

『初の日韓合作映画【海峡に架ける橋】クランクインか！』

『韓国俳優イ・スンヒョン主役』

『日本側の監督・村瀬勝也』

『韓国側は金真一監督』

ソウルの繁華街や東京の電飾には、『日韓合作』のニュースが流れた。

仁川国際空港には真一が迎えに来ていた。勝也は真一と握手を交わし抱き合った。

テーマは戦争の残酷さと国境を超えた人間愛を描くものだ。

長崎で被爆し後遺症に苦しみながら生き抜いた韓国人の夫と戦後韓国に渡り、韓国孤児たちの面倒を見た日本人女性との物語に決まっていた。

韓国ソウルを舞台に勝也と真一共同の撮影が始まった。


遂に映画が完成し、試写会の日には、出演した舞子をはじめ、翔太や愛子、京子、長崎から岸川と春奈の家族、哲也夫婦が駆けつけた。

勝也と真一は、並んでスクリーンを観ながら幼い頃の二人に戻っていた。

天草で一緒に映画を観てから既に五四年の歳月が流れていた。

映画を観る勝也の瞳にスクリーンの画面が映り込んでいる。

その瞳の裏側で黒い入道雲が湧き上がった。そしてその雲は青い空を覆い尽くしていく。

長い間、固く閉じていた堰が崩壊し、大出血が始まったのだ。

スクリーンが涙と共に次第に霞んできた。

医師の声が聞こえた。

「見えるようになったからと言って、病気が治った訳ではありません。無茶やっていると本当に取り返しのつかない事になりますよ！」

チカチカとスクリーンの光が映る瞳の奥で、勝也はもうひとつの映画を観ていた。

紅く染まった天草の海と島々が現れては消え、そこに重なるように、これまでに自分が出逢い、支えて貰った多くの人たちの姿が浮かんだ。
そして最後に、明徳寺の石段を駆け上がっていく小学生の自分の姿が見えた。

生まれ落ちてすぐに
人はみな光に向かって旅を始める。
光の瞬きに命を預け、
深遠なる幻影に向かって……。

光と影……
見えるもの、見えないもの……

この宇宙に存在する全てが、
光のもたらす幻影であり、
そして……
この広大な宇宙に輝く
星と星との間にみなぎる見えない力、
それが愛であり神というなら、
私は神を信じてもいい。

見えるもの、見えないもの……
人はみな煌めく光の波の中に、
たゆたっている……。

（完）

≪　あとがき　≫

私は直接の被爆者ではありません。

ですから原爆の惨状を描くに当たって、少なからず葛藤がありました。

如何に小説とは言え、実際に起きた歴史的事実を前に、単に想像で描いてはならないと思ったからです。そこで被爆された方々の体験記を数多く読ませて頂きました。そこにはとても現実とは思えない、残酷で悲惨な様子が生々しく記録されていました。

この小説に登場する被爆現場の様子は、そうした辛い体験をされた方々の貴重な記録を基に、私なりの言葉で表現したものです。参考にさせて頂いた方々にお許しを乞うとともに、お礼を申し上げる次第です。

主人公の少年時代は、実際に浦上で被爆し、一人だけ生き残った親戚の男の子がモデルで、その後の人生は、映像の世界で生きてきた私の人生と重ね合わせ、大きく脚色したものです。


（著者）

三本松 稔（さんぼんまつ・みのる）

1936年、熊本県天草市生まれ。日本大学芸術学部映画学科卒業。フリーランサーとして、映画・テレビ・展示映像などの企画、脚本、監督。音楽、美術番組などを多く手がけ、現在は小説など執筆に専念。著書「猫に生まれたかった」「伊豆の岬に白い花の咲くとき」「ショパンの陰謀」など。

光の波の中で

2024年1月19日　初版第1刷印刷
2024年1月31日　初版第1刷発行

著　者　三本松 稔
発行者　恩藏 良治
発行所　壮神社（Sojinsha）
〒102-0093 東京都千代田区平河町2-2-1-2F
TEL.03(4400)1658／FAX.03(4400)1659
印刷・製本　エーヴィスシステムズ

ISBN 978-4-86530-069-7 C0093

【メモ】

【メモ】

【メモ】

三本松　稔　著作集

猫に生まれたかった（本体：1,200 円）

人も猫も泣いて笑って生きている。孤独な一人の老人と一匹の野良猫、そして不思議な少女が 織りなす物語は、生きていくこと　そして愛することの大切さを教えてくれる。

いやー、私も時には猫になってみるかなぁ… …西田敏行

ショパンの陰謀（本体：1,500 円）

5 年に一度行われる「ショパンコンクール」。それは単に出場者だけの競争ではない。 絢爛《けんらん》たる演奏が繰り広げられる中、一位入賞確実と言われていた女性ピアニストが、演奏中のピアノ事故に遭い、再演奏が認められたにも拘わらず、森の中で自殺体となって発見される。果たして自殺だったのか？謎は謎を呼び、国家を巻き込む陰謀に翻弄されながらピアノを弾き続ける。これは音楽コンクールを巡るもうひとつのエンターテイメントである。

伊豆の岬に白い花の咲くとき（本体：1,000 円）

南伊豆の小さな三つの漁村を渡りながら繰り広げられる父と娘にも似た一組の男女のファンタジー。命をかけたマーガレット花占い——二人の運命は美しい自然の中で思わぬ方向へ変転して行く。